KB235599

가을서릿발처럼

가을 서릿발처럼

고난 속에서
사람은
깊어진다

김영 지음

청아출판사

　하늘을 수놓는 것이 별과 달이라면 땅을 수놓는 것은 꽃과 나무일 것이다. 그렇다면 우리 인간을 인간답게 만드는 것은 무엇일까. 인류의 지혜가 담긴 책과 그림과 노래일 것이다. 그런데 오늘날 우리는 불행하게도 별을 노래하는 마음을 잃어버리고, 꽃을 가꾸고 숲길을 거니는 여유를 잃어버렸다.

　생텍쥐페리는 어른들은 오직 숫자에만 관심이 있다고 했다. 정말 그렇다. 부모들은 아이들의 꿈에는 관심을 기울이지 않고 오직 성적에만 관심을 가지며, 기업가들은 인간을 위한 껌을 생산하는 것이 아니라 껌을 소비하는 인간을 만들고 있고, 사람들은 그들이 추구하는 가치를 물어보지 않고 연봉, 아파트 평수, 소유한 자동차에만 신경을 쓴다.

　이러한 물질만능시대에 살아가는 우리는 정서적 갈증과 지적 혼란을 겪으며 더욱 지혜와 사랑의 길을 찾는다. 이것이 우리가 고전을 재음미하는 이유이다. 이러한 고민을 가진 현대인에게 이 조그만 책은 동양고전에 담겨 있는 지혜와 사랑의 메시지를 선별해 아름다운 사진 작품과 함께 전한다.

　이 책에 실린 글들이 스스로를 되돌아보며 새로운 길을 모색하는 데 조금이나마 도움이 되고, 아름다운 사진들이 우리의 눈과 마음을 잠시라도 시원하게 해 주기를 기대한다.

2013년 늦가을,
스스로 즐거워하는 사람　김 영 씀

차 례

004 책 머리에

PART 01 인간답게 산다는 것

015 참된 선비 홍대용洪大容

016 선비와 독서 이가원李家源

019 대장부의 의미 맹자孟子

021 선비의 자세 박지원朴趾源

022 누구도 나의 스승 공자孔子

024 가난과 부 공자孔子

027 도와 성인을 목표로 주자朱子

028 날이 추워진 뒤에야 공자孔子

030 천하의 근심을 먼저 범중엄范仲淹

033 큰 임무를 맡으려면 맹자孟子

034 도가 원숙해지면 감산선사憨山禪師

036 군자와 소인 공자孔子

PART 02 이웃과 함께

041 자기 마음과 남의 마음 공자孔子

042 민중 사랑 공자孔子

044 백성과 더불어 즐거워하고 맹자孟子

047 남에게는 봄바람처럼 신영복申榮福

048 글로 벗을 사귀고 공자孔子

050 선한 사람의 향기 《공자가어孔子家語》

052 천하는 공공의 것 《예기禮記》

055 물의 근원 순자荀子

056 서로 사랑하고 《묵자墨子》

059 상과 벌 《서경書經》

060 자기에게는 검소하게 《자치통감資治通鑑》

062 기쁨으로 《주역周易》

PART 03 사람은 저마다 장점이 있어

067 사람의 장점 주자朱子

068 사람과 물건의 쓰임 노자老子

070 성인과 바보 《자치통감資治通鑑》

073 세 가지 자기 성찰 증자曾子

075 교만과 겸손 《서경書經》

076 개과천선 《주역周易》

078 환난의 예방 《주역周易》

080 스승의 조건 공자孔子

082 티내지 않기 노자老子

085 선은 기억하고 《자치통감資治通鑑》

086 큰 그릇 노자老子

089 사람을 쓸 때에는 위원魏源

PART 04 큰 지혜를 찾아서

092 학문의 뜻 《주역周易》

094 널리 배우고 《중용中庸》

097 버림의 중요성 장자莊子

098 학문과 사색 공자孔子

100 가르치고 배움 《예기禮記》

102 묻고 배우기 박지원朴趾源

105 앎의 단계 공자孔子

106 가장 맑은 일 정약용丁若鏞

108 태산이 높은 까닭 《자치통감資治通鑑》

111 문제해결형의 독서 정약용丁若鏞

112 직접 그물을 짜야 《사기史記》

114 법고창신 박지원朴趾源

PART 05 너그럽고 품위 있게

119 가난을 즐기며 공자孔子

121 적당한 가난 공자孔子

122 아첨과 부정 《주역周易》

125 여유와 부족함 노자老子

126 자제할 줄 아는 사람 노자老子

128 욕심이 화를 불러 노자老子

131 골짜기의 난초 장일순, 《노자 이야기》

133 하늘이 준 작위 맹자孟子

134 오래 엎드린 새는 《채근담菜根譚》

136 검소와 사치 관자管子

138 공손하면 공자孔子

141 물처럼 낮은 곳으로 노자老子

PART 06 하늘에 부끄럼이 없기를

144 하늘에 부끄럼이 없기를 맹자孟子

146 공을 세우고 머물지 않아 노자老子

149 노자의 삼보 노자老子

150 도에 뜻을 둔 사람 감산선사憨山禪師

152 바다의 포용력 《회남자淮南子》

155 스스로 자랑하는 자 노자老子

157 통달한 사람 홍자성洪自誠

158 참되려고 하는 것 《중용中庸》

161 민중을 위한 그림 정판교鄭板橋

162 출세했을 때 조심해야 《용언庸言》

165 좋은 분위기 순자荀子

166 특별한 노력 사마상여司馬相如

PART 07 어울려 살아가는 법

170 덕의 기본 《시경詩經》

173 매사를 예에 입각해서 공자孔子

174 중요한 것 공자孔子

176 예가 없으면 공자孔子

178 이기심의 극복 공자孔子

180 마음을 비우기 장자莊子

183 부지런함과 신중함 강태공姜太公

184 우환의 발생 《설원說苑》

187 자업자득 《좌전左傳》

189 위대함 노자老子

190 사람들과 함께 즐기면 박지원朴趾源

193 개성의 조화 공자孔子

PART 08 백성을 섬기는 정치

196 바른 마음으로 동중서董仲舒

198 진실된 말 장량張良

201 백성은 하늘 역이기酈食其

202 치국의 방법 공자孔子

204 상호 존중 공자孔子

206 불공평을 걱정해야 공자孔子

209 지도자의 의무 맹자孟子

211 임용의 원칙 《자치통감資治通鑑》

212 장점을 취해야 당태종唐太宗

215 물 위의 배 순자荀子

216 천하의 눈으로 《회남자淮南子》

218 문신과 무신의 도리 《송사宋史》

PART 09 여유 있고 자유롭게

222 하늘을 원망하지 않고 순자荀子

225 말 없는 가르침 노자老子

226 마음을 낮추는 사람 야운조사野雲祖師

228 큰 지혜와 작은 지혜 장자莊子

230 쓰지 않음의 쓰임 장자莊子

232 군자의 사귐 장자莊子

235 숭고하고 넓은 덕 노자老子

237 말과 지혜 노자老子

238 스스로 자랑하는 사람 장자莊子

240 덕과 지위 《주역周易》

243 작은 이익에 구애되지 말아야 공자孔子

245 준비하면서 때를 기다리고 관자管子

PART 10 자연과 더불어

248 도는 자연을 본받고 노자老子

250 천지는 우리의 부모 오징吳澄

253 천지의 마음 이항로李恒老

254 풀 한 포기 정자程子

256 만물을 사랑하는 길 김시습金時習

258 만물에는 이치가 있어 안축安軸

260 하늘의 운행 《주역周易》

263 땅의 품성 《주역周易》

264 자연의 합리적 이용 맹자孟子

266 인간과 만물 홍대용洪大容

268 민중은 나의 형제 장재張載

270 물오리는 물오리답게 장자莊子

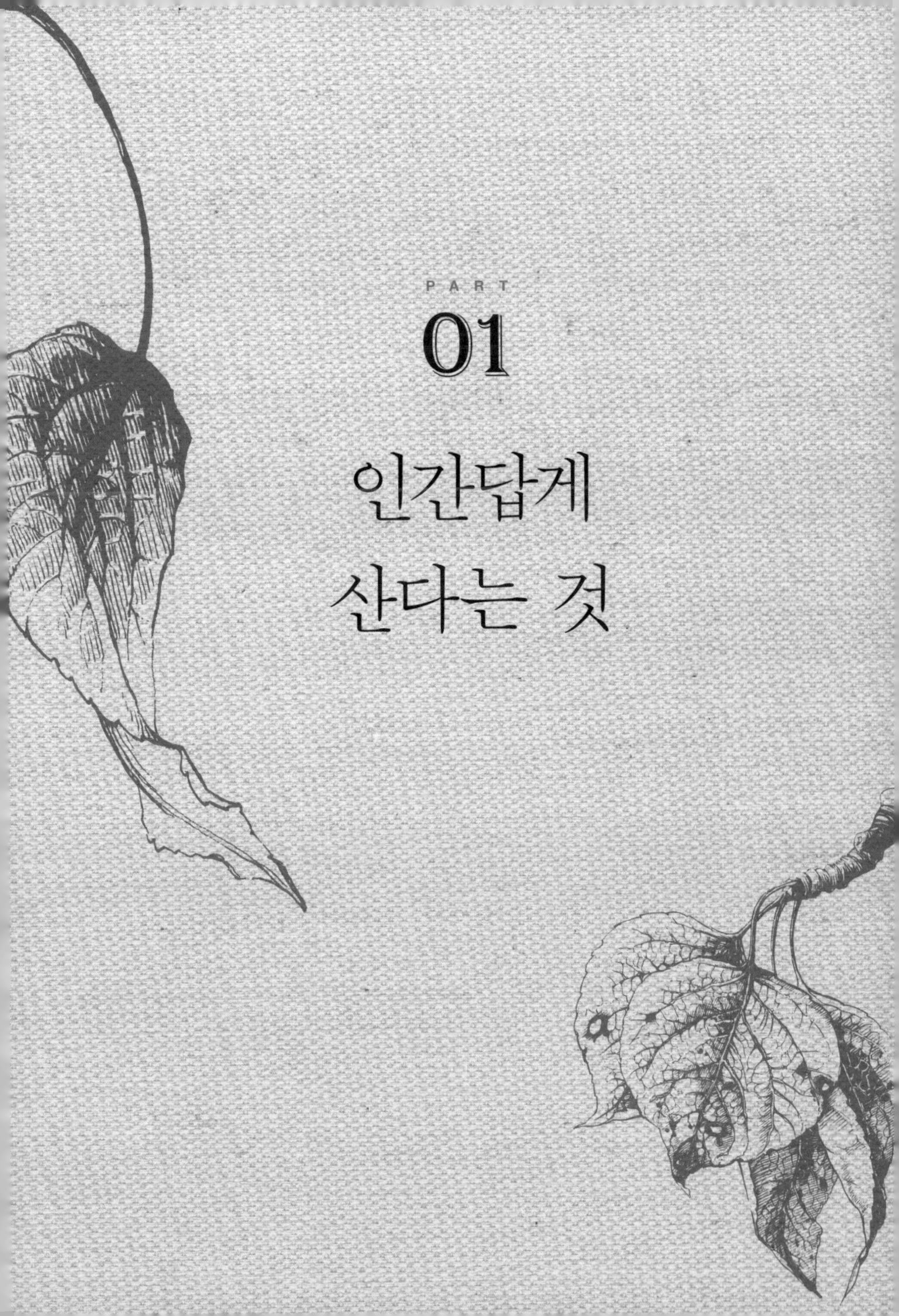

01

인간답게
산다는 것

참된
선비

행동을 하면 사해에 혜택을 입혀 주고,
물러나 공부를 하면 진리를 천 년이나 밝히는 사람을
참된 선비라 할 수 있다.

行之則澤加於四海, 退而藏焉則道明乎千載, 然後乃吾所謂士也.

-홍대용

활동을 하면 도를 밝히고, 사회적 실천을 하면 사해에 두루 혜택을 입힐 수 있어야
참된 지식인이라는 말이다.

선비와
독서

나가서는 천하의 뜻있는 선비와 사귀고,

집에 들어와서는 옛 선현이 남긴 책을 읽는다.

出交天下事, 入讀古人書.

-이가원

공부하는 사람은 낮에는 뜻 맞는 사람과 같이 활동을 하고, 밤에는 인류의 지혜가 담

긴 책을 읽는다.

'출교천하사出交天下事'를 '출위천하사(出爲天下事, 나아가 천하의 일을 하다)'로 바꾸어도

무방하다.

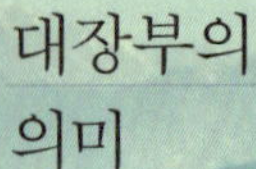

대장부의
의미

천하의 넓은 거처에 살고

천하의 바른 곳에 서고

천하의 큰 도를 행하며

뜻을 얻으면 백성과 더불어 그 뜻을 펴 나가고

뜻을 얻지 못하면 홀로라도 그 도를 실천하며,

부귀하더라도 지나치게 그것을 누리지 않고

가난하고 천하더라도 자기의 뜻을 옮기지 않으며,

위협과 무력에도 굴복하지 않는다.

이런 사람을 대장부라고 한다.

居天下之廣居, 立天下之正位, 行天下之大道, 得志與民由之, 不得志獨行其道,

富貴不能淫, 貧賤不能移, 威武不能屈, 此之謂大丈夫.

－맹자

주자는 천하의 넓은 거처는 인(仁, 사랑)으로, 천하의 바른 곳은 의(義, 정의)로 풀이
하고 있다. 즉, 늘 광명정대하게 처신하고 떳떳하게 사는 것이 대장부의 길이라고
보았다.

선비의
자세

출세하더라도 선비의 뜻을 떠나서는 안 되며,

어렵더라도 선비의 자세를 잃어서는 안 된다.

達不離士, 窮不失士.

-박지원

조선 후기 실학파 문학자 박지원은 "달불이도, 궁불실의達不離道, 窮不失義"라는 맹자
의 문장을 선비의 자세를 강조하기 위해 도道와 의義를 사土로 바꿔 《양반전》 서문에
사용했다.

공부를 한 뒤에 목표를 빨리 달성할 때도 있고 마음대로 되지 않을 때도 있겠지만,

뜻은 늘 선비답게 오롯하게 하라는 말이다.

누구도
나의
스승

세 사람이 길을 가면 그 가운데
반드시 내 스승이 있다.
그중에 선한 사람을 택해서는 그를 따르고
좋지 않은 사람을 보고서는
내 마음속에 그런 좋지 않은 점을 고친다.
三人行, 必有我師焉. 擇其善者而從之, 其不善者而改之.
- 공자

선생님 가운데 훌륭한 선생님도 있고, 그렇지 못한 선생님도 있다. 그러나 모두에게
다 배울 점이 있다.

훌륭한 선생님을 보고는 그를 따라 배울 것이며, 그렇지 않은 선생님을 보고는 '나는
저러면 안 되지' 하는 다짐을 한다면 그도 역시 반면교사로서 역할을 하는 것이다.

모두가 내 스승이라는 공자의 말씀이다.

가난과
부

나라에 도가 있을 때에
가난하고 천한 것은 부끄러운 일이며,
나라에 도가 없을 때에
부하고 귀한 것 또한 부끄러운 일이다.
邦有道, 貧且賤焉, 恥也. 邦無道, 富且貴焉, 恥也.
-공자

합리적으로 인재를 등용하는 사회에서 쓰이지 못한다면
그것은 자신에게 책임이 있는 것이고,
부당한 권력자에게 붙어 지배를 정당화하고 돈을 받는다면
그것은 부끄러운 일이라는 공자의 말씀이다.

도와
성인을
목표로

학문을 할 때는 도를 목표로 하고

사람 되는 공부를 할 때는 성인을 목표로 한다.

爲學以道爲志, 爲人以聖爲志.

-주자

학문을 할 때는 끊임없는 연구를 통해 완벽한 진리에 도달하는 것을 목표로 할 것이

며, 사람 되는 공부를 할 때는 나다니엘 호손의 《큰 바위 얼굴》의 소년처럼 큰 인물을

본받으려고 해야 할 것이다.

날이 추워진 뒤에야

소나무와 잣나무가 늦게 시듦을 안다.

歲寒然後, 知松栢之後凋也.

– 공자

세상이 어려워진 뒤에야

참된 선비의 진면목이 드러난다.

추사 김정희의 〈세한도歲寒圖〉라는 그림의 제목도 여기서 유래한 것이다.

"매화나무는 일생을 추위 속에서 지내면서도

향기를 팔지 않는다[梅一生寒, 不賣香]."

천하의
근심을
먼저

선비는 마땅히 천하의 근심을 먼저 근심하고,

천하의 즐거움은 나중에 즐거워한다.

士當先天下之憂而憂, 後天下之樂而樂.

-범중엄

천하의
근심을
먼저

선비가 천하의 문제를 먼저 걱정하는 '희생적인 엘리티즘'을 가질 때 존경을 받는다.

영국과 아르헨티나 사이에 포클랜드 분쟁이 일어났을 때 영국은 앤드류 왕자를 제일

먼저 전쟁터에 내보냈다.

큰
임무를
맡으려면

하늘이 장차 어떤 사람에게 큰 임무를 맡기려 할 때에는

먼저 그 마음을 괴롭게 하고 그 몸을 수고롭게 한다.

天將降大任於是人也, 必先苦其心志, 勞其筋骨.

－맹자

온실 속에서 자란 꽃이 어찌 비바람을 견딜 수 있겠는가.

부처님도 중생을 제도하기 전에

설산에서 뼈를 깎는 고행을 하지 않았던가.

"고난 속에서 사람은 깊어진다.

속이 찬다. 따뜻해진다.

세상을 보는 눈이 자란다."

(장일순, 《좁쌀 한 알》)

도가
원숙해지면

도가 충실하면 유연하게 되고,

덕이 충실하면 겸손해진다.

道盛柔, 德盛謙.

-감산선사

벼가 익으면 고개를 숙이고

원숙한 사람은 남을 부드럽게 감싼다.

부드러운 새싹이 딱딱한 대지를 뚫고 나와

새 생명을 꽃피우지 않는가.

군자와
소인

군자는 자기 자신에게서 문제 해결의 방안을 찾고,

소인은 남에게서 그것을 찾는다.

군자는 다른 사람의 아름다움을 이루어주고,

남의 악을 조성하지 않는다.

소인은 이와 반대이다.

君子求諸己, 小人求諸人. 君子成人之美, 不成人之惡, 小人反是.

－공자

군자는 모든 것을 자기 자신이 부덕해서 그렇다고 생각하지만, 소인은 모든 잘못을
남의 탓으로 돌린다. 속이 좁은 소인배들은 자기를 조금도 반성하지 않고 부끄러운
줄도 모르고, 변명을 늘어놓는다.
군자는 자기가 넉넉하고 긍정적인 삶의 태도를 가지고 있기 때문에 남의 장점을 보고
남이 잘 되기를 바라지만, 소인은 속이 좁기 때문에 남이 잘 되는 것을 못보고 오히려
잘못되는 길로 가도록 조장하기까지 한다.

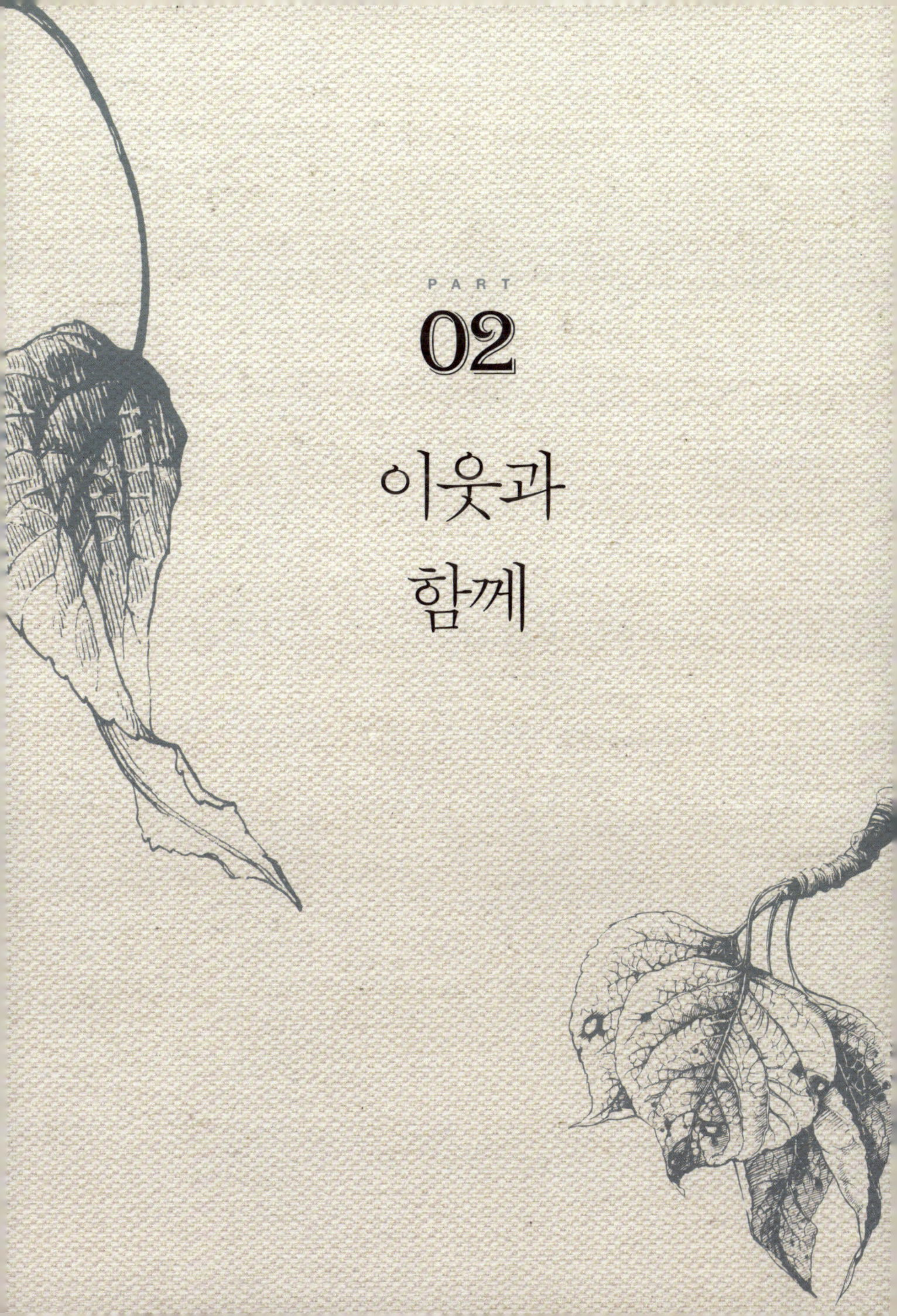

PART

02

이웃과
함께

자기
마음과
남의
마음

자기가 하고 싶지 않은 일을 남에게 시키지 말라.

己所不欲, 勿施於人.

-공자

내가 하기 싫은 일은

남도 하기 싫어할 것이다.

자기를 미루어 남을 이해하는 서(恕, 용서와 사랑)의 정신이

공자 사상의 핵심이다.

서恕는 인仁을 하는 방법이다.

민중
사랑

백성들에게 널리 사랑을 베풀고,
능히 민중을 어려움에서 구제한다.

博施於民, 而能濟衆.

–공자

공부하는 사람은 무릇 민중을 사랑하는 마음을 갖고, 그들을 어려움에서 벗어나게

할 수 있는 해방의 지식을 추구해야 한다는 공자의 말씀이다.

'박시제중博施濟衆'으로 줄여 쓰기도 한다.

민중

백성과
더불어
즐거워하고

백성의 즐거움을 즐거워하는 사람은

백성들 또한 그의 즐거움을 즐거워하고,

백성의 근심을 걱정하는 사람은

백성 또한 그의 근심을 걱정한다.

樂民之樂者, 民亦樂其樂, 憂民之憂者, 民亦憂其憂.

-맹자

가는 정이 있어야 오는 정이 있는 법.

백성들의 즐거움과 괴로움을 같이 나누면,

백성들 또한 그 지도자의 기쁨과 근심을 나눈다는 맹자의 말씀이다.

남에게는
봄바람처럼

남에게는 봄바람처럼

자신에게는 가을서릿발처럼.

待人春風, 持己秋霜.

-신영복

남에게는 관대하게

자기에게는 엄격하게.

신영복 선생의 서예 작품전에서 이 글을 보고 고개를 끄덕였다.

글로
벗을
사귀고

군자는 글로써 벗을 모으고,

그 벗으로 자기의 부족한 인격을 메운다.

君子, 以文會友, 以友輔仁.

-공자

공부하는 사람은

글을 좋아하는 사람과 만나고,

그 친구들로 인해

인격적 감화와 지적 자극을 받는다.

사람은 어울리면서 존재한다.

선한 사람과 더불어 사는 것은

지초와 난초가 있는 방에 들어가는 것과 같아서

오래 있으면 향기를 맡지 않아도 같이 동화된다.

與善人居, 如入芝蘭之室, 久而不聞其香, 卽與之化矣.

-《공자가어》

공자도 군자의 덕은 바람과 같고 소인의 덕은 풀과 같아서

풀 위로 바람이 불면 모두 다 넘어진다고 했다.

그래서 공자는 제자들에게

"어진 사람을 가까이 하라[親仁]"라고 가르쳤다.

천하는 공공의 것

대도大道가 행해지자 천하를 공공公共의 것으로 생각하여, 어질고 유능한 이들을 뽑아 신의를 익히고 화목을 닦았다. 그러므로 사람들은 자기 어버이만을 어버이로 섬기는 일이 없었으며 또한 자기 자식만을 자식으로 여기지 않았다. 이것을 대동大同이라고 한다.

大道之行也, 天下爲公, 選賢與能, 講信修睦. 故人不獨親其親, 不獨子其子, 是謂大同.

-《예기》

현재 우리 사회와 학교 시스템은 생산성 향상과 성적을 높이기 위한 방법으로 경쟁이 유일한 것처럼 몰아가고 있다. 그러나 그러한 목적을 달성하기 위해서는 협력과 자율적인 방법이 더 효과적일 때도 있다.

물의
근원

원수原水가 맑으면 맑은 물이 흐르고, 원수가 흐리면 흐린 물이 흐른다.

原淸則流淸, 原濁則流濁.

–순자

"함부로 오염시켜도 아직은 강이 아주 죽지 않고 살아날 가망이 있는 건 작지만 어디선가 졸졸 흘러드는 맑은 물이 아슬아슬하게 강의 임계점을 지켜 주고 있기 때문은 아닐까.

어느 나라 어느 사회나 어디엔가 높은 정신이 살아 있어야 그 사회가 살아 있는 것과 다름없는 이치라고 생각한다."

(박완서,《세상에 예쁜 것》)

서로
사랑하고

서로 사랑하고 서로 이롭게 되는 방법은 어떻게 하는 것인가.

다른 나라 보기를 자기 나라 보듯이 하고

다른 집을 보기를 자기 집 보듯이 하고

다른 사람 보기를 자기 보듯이 해야 한다.

兼相愛交相利之法, 將奈何哉. 視人之國若視其國,

視人之家若視其家, 視人之身若視其身.

-《묵자》

묵자는 세상의 모든 것을 차별 없는 눈으로 바라봐야 한다고 주장한다. 이러한 묵자
의 겸애사상은 자기의 이익만을 극단적으로 추구하는 자본주의 사회와 자국의 이익
을 배타적으로 추구하여 전쟁마저 불사하는 국가주의의 문제를 성찰한다. 이는 매우
유용한 평등주의 내지 박애사상이라고 평가할 만하다.

상과
벌

죄가 의심스러울 경우에는 벌을 가볍게 주고
공이 의심스러울 경우에는 상을 후하게 준다.
무고한 사람을 죽이기보다는 차라리 법문을 잃는 편이 낫다.

罪疑惟輕, 功疑惟重, 與其殺不辜, 寧失不經.

-《서경》

벌을 줄 때는 객관적 사실에 근거하되 억울함이 없도록 하고, 상은 후하게 주어 인심
을 넉넉하게 하는 것이 덕으로 다스리는 정치이다. 공자도 형벌과 공권력으로 백성을
다스리려 하지 말고, 예와 덕으로 백성을 인도하라고 했다. 이런 덕치주의의 통치방식
은 결국 사람들의 자존감을 높여 주어 스스로 부끄러워할 줄 알게 하고, 사회를 너그
럽게 만들어 준다.

자기에게는
검소하게

자기를 받드는 데는 검소하고,

남을 대할 때는 넉넉히 하라.

儉於奉己, 豊於待人.

-《자치통감》

자기 생활은 검소하게 하면서도

남을 대접할 때는 넉넉하게 하는 것이

선인들의 보편적인 생활철학이다.

기쁨으로

기쁨을 가지고 백성들에게 솔선하면 백성들이 자신의 수고로움을 잊게 되
고, 기쁨을 가지고 어려움에 대처하면 백성들이 자신의 죽음을 잊게 될 것이
니, 기뻐함이 크므로 백성들이 열심히 노력한다.
說以先民, 民忘其勞, 說以犯難, 民忘其死, 說之大, 民勸矣哉.
-《주역》

웃음꽃이 피고 유머가 있을 때 삶이 풍성해지고 여유가 생긴다. 윗사람이 기쁜 마음
으로 백성을 섬기면, 백성들은 스스로 부끄러워할 줄 알고 마음의 여유가 생겨 어려
움을 모르고 살 수 있다.

봄이 되면 들과 산의 꽃과 나무들이 아름다운 꽃을 피우고 파란 잎을 저절로 토해내
듯이, 임금이 인정仁政과 화해和解의 정치를 펴면 백성들도 즐겁게 자기의 직분에 최
선을 다할 것이다.

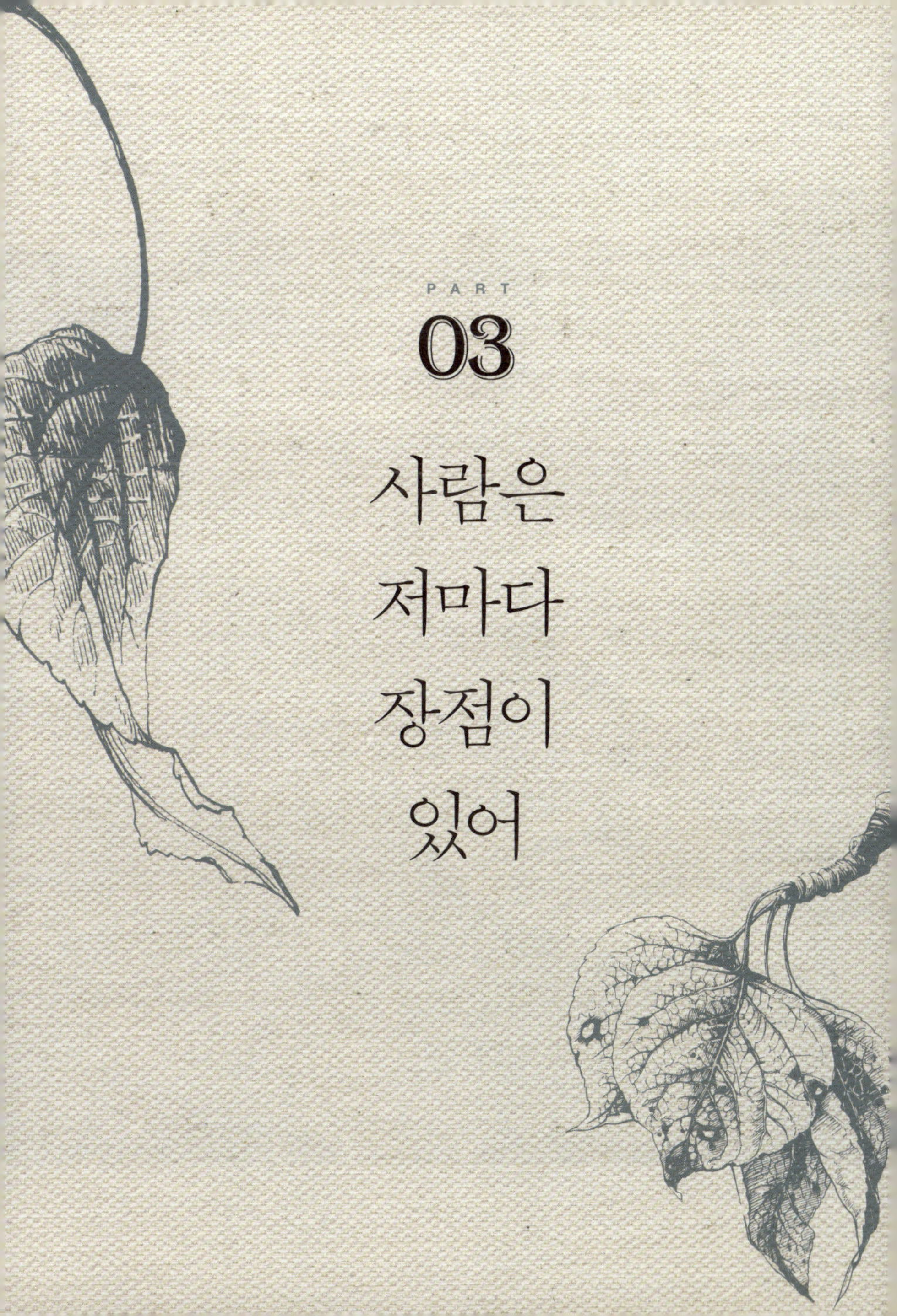

PART
03
사람은
저마다
장점이
있어

사람의
장점

사람은 각기 저마다의 장점이 있다.

능히 그 장점을 취한다면 모두 다 쓸 수 있다.

人各有所長. 能取其長, 皆可用也.

-주자

생명이 있는 것은 다 아름답고

저마다의 뜻을 지니고 있다.

긍정적인 눈길로 바라보면,

모든 사람이 다 개성과 장점을 가지고 있음을 알게 된다.

부처님 눈에는

모두가 다 부처님으로 보인다고 하지 않던가.

사람과
물건의
쓰임

성인은 늘 남을 잘 구원해 줌으로써 버려 둔 사람이 없고,

언제나 물건의 쓰임새를 잘 알기에 버려둔 물건이 없다.

聖人常善救人, 故無棄人, 常善救物, 故無棄物.

-노자

애정을 가지고 사람을 보면

그 사람의 장점이 보이고,

지혜를 가지고 사물을 보면

그것을 어디에 써야 할지 안다는 노자의 말씀이다.

속이 좁은 선생은 늘 학생을 꾸중하고

슬기롭지 못한 목수는 나무를 탓한다.

성인과
바보

재주와 덕성을 고루 갖추면 성인이며
재주와 덕성 중 아무것도 없으면 바보이고
덕이 재주보다 나으면 군자이며
재주가 덕을 넘어서면 소인이다.
才德兼全曰聖人, 才德兼亡曰愚人, 德勝才曰君子, 才勝德曰小人.
-《자치통감》

뭘 좀 안다고 뽐내는 사람을 소인이라고 하고

자기의 지식을 덕으로 통제할 줄 아는 사람을 군자라 하는 걸 보면,

동양에서는 전통적으로 재주보다 사람됨을 더 중요시한 것 같다.

세 가지
자기
성찰

나는 매일 세 가지로 내 몸을 반성한다.

남을 위해 일을 도모하되 진실하지 않았는지,

친구와 더불어 사귀되 믿음직하지 않았는지,

스승으로부터 전하여 들은 것을 익히지 않았는지.

吾日三省吾身. 爲人謀而不忠乎, 與朋友交而不信乎, 傳不習乎.

- 증자

공자 제자인 증자의 세 가지 자기 성찰 메뉴.

남의 일을 나의 일처럼 성의 있게 했는지,

친구와의 약속은 잘 지켰는지,

배운 것을 소화해서 나의 양식으로 만들었는지.

세기의 성녀로 일컬어졌던 테레사 수녀도

하루에 몇 시간을 내어 자기를 되돌아본다고 하지 않았던가.

교만과
겸손

교만은 손해를 불러오고

겸손함은 이익을 받는다.

滿招損, 謙受益.

-《서경》

자기 혼자 잘났다고 생각하는 사람은

남에게 위화감을 주고,

겸손한 사람은 늘 마음을 열고 배우려고 하기 때문에

발전이 있다.

개과천선

선을 보면 실천에 옮기고,
잘못이 있으면 고쳐야 한다.

見善則遷, 有過則改.

-《주역》

좋은 일은 본받고
잘못은 고칠 때
미래에 희망이 있다.

환난의
예방

환난이 있을 것을 생각해서

미리 그것을 예방해야 한다.

思患而豫防之.

-《주역》

보통 사람은 아프고 난 뒤에 병원을 찾지만

슬기로운 사람은 평소에 운동을 하고 건강을 조심한다.

유비무환有備無患이라고 하지 않았던가.

스승의
조건

옛것을 익혀서 새로운 것을 알면,

가히 스승이 될 수 있다.

溫故而知新, 可以爲師矣.

-공자

인류가 남긴 지적인 문화유산을 잘 익혀, 후학들에게 현실을 판단하고 미래를 예측할

수 있는 논리를 제공하는 사람은 스승의 조건을 갖추었다 할 것이다.

티내지
않기

결과를 이루고 뻐기지 말고,

결과를 이루고 자랑하지 말며,

결과를 이루고 교만하지 말라.

果而勿矜, 果而勿伐, 果而勿驕.

-노자

목표를 달성했다고 자만하는 순간부터 정체가 시작되는 법이다.

영어에서는 '졸업commencement'이라는 말이

또 다른 시작이라는 의미가 아니던가.

선은
기억하고

남의 선善을 기억하고
남의 잘못은 잊는다.

記善忘過.

-《자치통감》

남의 선행을 기억하면 내 마음이 즐겁고
남의 잘못을 잊지 않으면 내 마음이 황폐해진다.
부처님은 이 세상의 원한은 원한에 의해 결코 풀리지 않고
원한을 버릴 때에만 풀린다고 하였다.

큰
그릇

큰 그릇은 늦게 이뤄지며

큰 소리는 잘 들리지 않으며

큰 모양은 형태가 없다.

大器晚成, 大音希聲, 大象無形.

-노자

공자처럼 큰 인격은 많은 공부와 수행을 한 뒤에 완성되며

자연의 소리처럼 큰 소리는 인간의 좁은 귀로는 듣기가 어렵고,

어머니의 사랑처럼 큰 모습은 잘 보이지 않는다.

작은 배는 바람에 흔들리고 파도에 출렁이지만

큰 컨테이너 선박은 가도 움직이지 않는 것 같고,

웬만한 물결이나 바람에도 끄떡없다.

<u>사람을</u>
<u>쓸</u>
<u>때에는</u>

사람을 쓸 때에는 사람의 장점을 취하고 단점을 피하며
남을 가르칠 때는 그 사람의 장점을 이루어주고 단점을 없애 준다.

用人者, 取人之長, 辟人之短也, 教人者, 成人之長, 去人之短也.

-위원

틱낫한 스님은

"자비로운 눈길로 중생을 바라보면[慈眼視衆生], 모든 것이 아름답게 보인다."라고 했다.

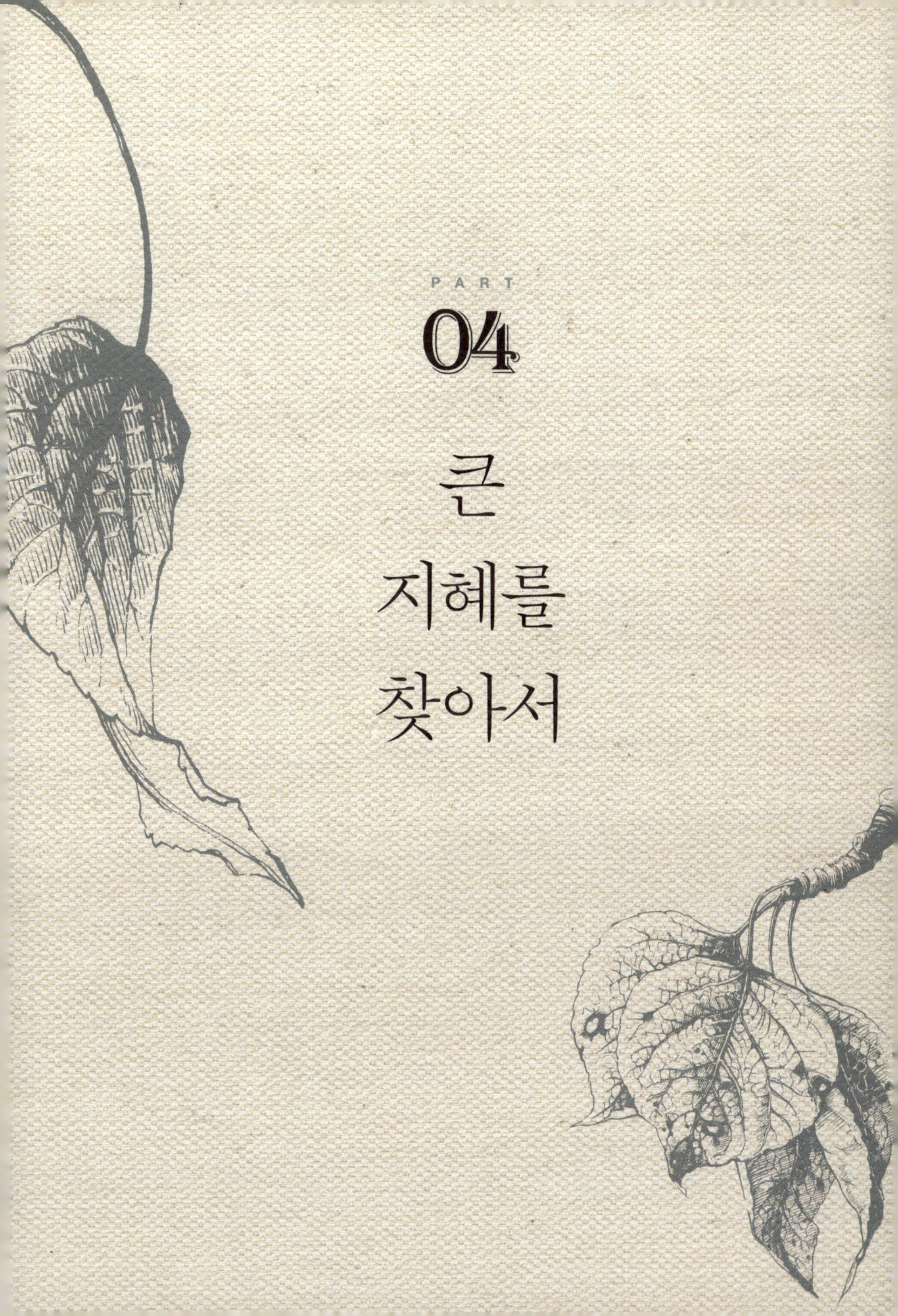

PART

04

큰
지혜를
찾아서

학문의
뜻

배워서 지혜를 모으고
물어서 옳은 것을 분별해 내고
너그러운 마음으로 살며
사랑을 실천한다.

學以聚之, 問以辨之, 寬以居之, 仁以行之.

-《주역》

부지런히 배우고 모르는 것을 물어보는 것이
학문의 길이다.
이러한 탐구 자세와 함께
남을 배려할 줄 아는 마음까지 지닌다면
금상첨화錦上添花가 아닐까.

<u>널리</u>
<u>배우고</u>

널리 배우고

자세히 묻고

신중히 생각하고

명쾌하게 따져보고

돈독히 실천한다.

博學之, 審問之, 愼思之, 明辨之, 篤行之.

—《중용》

실학자들은 박학을 '하나의 책으로 全靠於一書'라는

동서고금의 학문을 두루 배우고 익혀서 자기 몸으로 실천한다면,

정말 제대로 공부한 사람일 것이다.

실학자들은 박학을 '하나의 책에 전적으로 의지하지 말라[勿全靠於一書].'라는

의미로 해석했다.

버림의
중요성

소지를 버려야 대지가 밝게 드러나고

선을 버려야 스스로 선해진다.

去小知而大知明, 去善而自善矣.

-장자

작은 지혜는 따지는 지혜이고,

큰 지혜는 모두를 아우르는 지혜.

작은 것에 얽매이지 말아야 큰 깨달음을 얻을 수 있고,

의도적으로 선하려는 마음을 넘어서 자연스러워져야

비로소 참으로 선하다 할 것이다.

학문과
사색

배우되 생각하지 않으면 잊어버리고
생각하되 배우지 않으면 위태로워진다.
學而不思則罔, 思而不學則殆.

- 공자

학교에서 스승에게 체계적으로 강의를 듣더라도

사색을 통해 자기의 것으로 소화하지 않는다면 쉽게 잊히며,

혼자 생각만 하고 그것을 보편적인 학문체계로 일반화할 줄 모른다면

독단에 빠질 가능성이 많다.

가르치고
배움

가르치고 배우면서

서로 발전한다.

教學相長.

-《예기》

젊은 세대는 기성세대에게 경험과 지혜를 배우고,

기성세대는 젊은 세대의 순수한 열정과 도전정신에 자극을 받는다.

스승과 제자 간의 지적 긴장은 서로의 발전을 위해 필요하다.

가르치면서 확실히 알게 되고,

배우면서 새로운 지혜를 얻는다.

묻고
배우기

공자가 성인이 된 것은

다른 사람에게 물어보기를 좋아하고

배우기를 잘하는 것에 불과한 것이다.

孔子之爲聖, 不過好問於人, 而善學之者也.

-박지원

공자는 태어날 때부터 지덕을 겸한 성인이 된 것이 아니다.

불우한 환경 때문에 남들보다 늦게 공부를 시작했지만

참으로 묻고 배우기를 좋아했기 때문에 인류의 스승이 되었다.

정인보 선생도 강진으로 유배를 간 다산茶山을 두고

"몸은 더욱 곤궁해졌으나 학문은 더욱 정밀해졌다[身益窮, 學益精]."라고 말했다.

앎의
단계

진리를 아는 사람은 진리를 좋아하는 사람만 못하고

진리를 좋아하는 사람은 진리를 즐거워하는 사람만 못하다.

知之者, 不如好之者, 好之者, 不如樂之者.

-공자

인간관계에 있어서도

단지 알고 지내는 사람

좋아하는 사람

그리고 그로 인해 즐겁고 행복해지는 사람의 구별이 있듯이,

진리 탐구의 경우에도

진리를 머리로 알고 있는 사람

진리를 가슴으로 좋아하는 사람

몸으로 진리를 즐기며 생활하는 사람의 차이가 있다.

가장
맑은
일

책을 읽는 것은 인간이 할 수 있는 일 가운데
가장 맑은 일이다.
讀書, 是人間第一件淸事

-정약용

가장
맑은
일

조선 후기 실학의 집대성자 다산 정약용은 아들에게 보내는 편지에서 진리로 인간을 자유롭게 해주고, 우리의 정신을 맑게 하는 것이 독서라고 강조하였다.

태산은 흙을 사양하지 않은 까닭에 그렇게 크게 되었고
강과 바다는 시냇물을 가리지 않았기 때문에 그렇게 깊은 것이다.

泰山不讓土壤, 故能成其大, 河海不擇細流, 故能就其深.

-《자치통감》

나무가 크게 자라기 위해서는 거름을 많이 모아야 하고
큰 인물이 되려면 열린 마음으로 두루 많이 배워야 한다.

문제해결형의
독서

책을 읽을 때는 정치의 득실과

잘 다스려지고 못 다스려지는 원인을 알아야 하며

또한 모름지기 실용의 학문에 마음을 두어

옛 사람들의 나라를 경영하고 민중을 구제하던 학문하기를

좋아해야 한다.

讀書, 知其得失理亂之源, 又須留心實用之學, 樂觀古人經濟文學.

-정약용

정약용은 자기의 입신출세를 위한 독서나 관념적인 도학 위주의 독서를 비판하고,

당시 현실의 문제를 해결하는 데 기여할 수 있는 문제해결형의 독서를 권한다.

학문하는 이는 모름지기 현실을 바로잡고 나라를 구하는 실천적 이론을 탐구하라는

것이다.

직접 그물을 짜야

못가에서 남이 고기 잡는 것을 부러워하는 것보다

집에 돌아가 자기의 그물을 짜는 것이 더 낫다.

臨淵羨魚, 不如退而結網.

-《사기》

남을 선망하거나 질투하는 데 에너지를 낭비하지 말고

자기의 길을 창조하는 것이 현명하지 않을까.

창조하는 것은 힘이 많이 들지만,

남의 것을 흉내 내거나 배우는 단계에서 맛볼 수 없는 기쁨이 있다.

옛것을 본받는다는 사람은 지난 자취에만 얽매이는 것이 병통이고,

새로운 것을 만들겠다는 사람은 상도常道에서 벗어나는 게 걱정이다.

진실로 법고法古를 하면서도 변통할 줄 알고,

창신創新하면서도 능히 전아典雅해야 한다.

法古者, 病泥跡, 創新者, 患不經. 苟能法古而知變, 創新而能典.

－박지원

"옛것을 익혀 새로운 것을 안다[溫故知新]."라는 공자의 정신을 이어받아,

박지원도 "옛것을 본받아 새로운 것을 창조한다[法古創新]."라고 말한다.

인류의 옛 문화적 유산을 잘 배워서 새로운 것을 알고 미래를 창조하자는 가르침이다.

이것이 어디 문장에만 해당되겠는가.

옛것과 새것의 변증법적 균형은 어느 문명에나 해당된다.

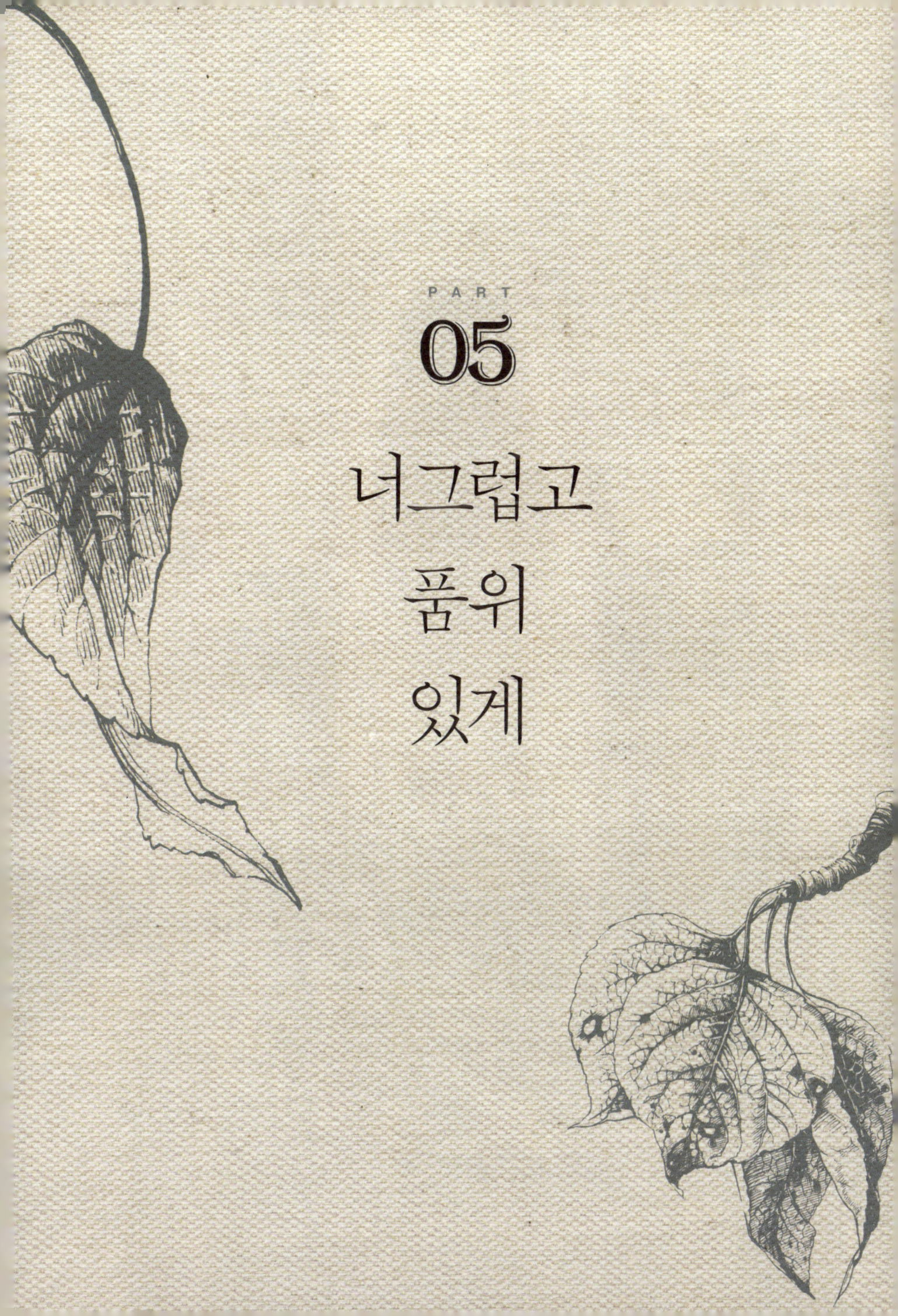

PART

05

너그럽고
품위
있게

가난을
즐기며

가난하면서도 아첨하지 않고

부자이면서도 교만하지 않는 것은 좋은 일이다.

그러나 가난하면서도 즐거워하고

부유하면서도 예를 좋아하는 것만 같지는 못하다

貧而無諂, 富而無驕, 可也. 未若貧而樂, 富而好禮者也.

-공자

공자의 제자 자공子貢이 "가난하면서도 아첨하지 않으며 부유하면서도 교만하지 않

으면 어떻습니까?" 하고 묻자, 공자는 "그것도 괜찮지만 가난하되 그 생활을 즐기고

부유하면서도 예를 아는 것 같지는 못하다."라고 대답한다.

어느 정도 수준에 만족하지 말고 끊임없이 자기의 학문과 인격을 갈고 다듬어 더 높

은 경지로 나아가라는 뜻이다.

《시경》에도 '절차탁마(切磋琢磨, 갈고 다듬는다)'라는 말이 나온다.

적당한
가난

군자는 배부르게 먹지 않고

안일하게 살지 않으며

일을 민첩하게 하고 말을 신중히 한다.

君子食無求飽, 居無求安, 敏於事而愼於言.

- 공자

적당한 식사는 오히려 정신을 맑게 하고

적당한 가난은 생활을 건실하게 한다.

이런 청빈한 생활을 하면서

신중한 언행으로 남의 신임을 얻고

자기에게 맡겨진 일을 부지런히 한다면

군자라 할 만하다.

아첨과
부정

윗사람과 사귈 때는 아첨하지 말고

아랫사람과 사귈 때는 더러운 짓을 하지 마라.

上交不諂, 下交不瀆.

-《주역》

윗사람과는 당당하게

아랫사람과는 깨끗하게.

자기가 하는 일이 떳떳하다면

윗사람에게 비굴할 필요가 없으며,

높은 자리에 있을 때에는

부정부패에 물들지 않도록 하라는 말이다.

여유와
부족함

부족한 가운데서도 족하게 여길 줄 알면 늘 여유가 있고

풍족한 가운데서도 부족하게 생각하면 늘 부족하다.

不足之足, 常有餘, 足之不足, 常不足.

-노자

인간의 욕심은 끝이 없는 법.

풍족한 생활을 하면서도 만족할 줄 모르면 늘 부족하고

가난하면서도 만족할 줄 안다면 오히려 여유가 있다.

재벌 2세들의 상속 다툼은 돈이 없어서가 아니며

가난한 집에 웃음꽃이 피는 것은 돈이 많아서가 아니다.

생텍쥐페리는 "이윤을 목표로 하는 산업은 인간을 위해 껌을 만드는 것이 아니라 껌

을 팔기 위한 인간을 생산하려고 애쓴다."라고 하며, 욕망을 부추기는 자본주의 문명

을 비판하였다.

자제할 줄
아는
사람

만족할 줄 알면 욕을 당하지 않고

그칠 줄 알면 위태로움에 빠지지 않는다.

知足不辱, 知止不殆.

-노자

과욕이 화를 부른다.

마하트마 간디는,

"이 세상은 우리의 필요를 위해 충분한 곳이지만, 우리의 탐욕을 채우기에는 너무나

가난한 곳이다"라고 하였다.

욕심이 화를 불러

만족을 모르는 것보다 큰 화는 없으며

얻으려고 욕심 부리는 것보다 큰 허물이 없다.

禍莫大於不知足, 咎莫大於欲得.

-노자

탐욕의 끝은 재앙이며

쾌락의 끝은 파멸이다.

자연을 사랑하지 않고, 단지 욕망 충족의 대상으로 여기기 때문에

현재 지구는 생태학적인 위기를 맞고 있고,

지칠 줄 모르는 쾌락 추구로

우리 인간들은 마약과 에이즈로 병들어 가고 있지 않은가.

골짜기의
난초

그윽한 골짜기의 난초는 사람이 없다고 해서

그 향기 내는 것을 멈추지 않는다.

幽蘭不以無人息其香.

-장일순,《노자 이야기》

덕이 있는 사람의 향기는

홀로 있을 때에도

바람을 타고 사방에 풍긴다.

하늘이
준
작위

어질고 의롭고 진실하고 미더우며

선을 즐거워하기를 게을리 하지 않는 것이 천작天爵이고,

공경대부의 벼슬은 인작人爵이다.

옛날 사람은 그 천작을 닦아 인작이 따라오게 하였다.

仁義忠信樂善不倦, 此天爵也, 公卿大夫, 此人爵也. 古之人修其天爵, 而人爵從之.

-맹자

천작은 인격을 완성한 사람에게 하늘이 주는 작위이고,

인작은 인간이 사회조직을 유지하기 위해 만든 인위적인 직위이다.

인격의 완성과 학문의 연찬에 몰두하면 직위나 자리는 저절로 따라오는 법인데,

보통 사람들은 조급해서 남보다 먼저 자리를 차지하고 높은 직위에 오르려고만 한다.

오래
엎드린
새는

오래 엎드린 새는 반드시 높이 날고

먼저 핀 꽃은 지는 것도 또한 빠르다.

伏久者, 飛必高, 開先者, 謝獨早.

-《채근담》

철저한 준비는 성공을 보장한다.

서두르지 않고 꾸준히 하다 보면 언젠가는 이루게 된다.

성경에서 예수님도

"선을 행하다 낙심하지 말라. 때가 이르면 거두리라."라고 하지 않았던가.

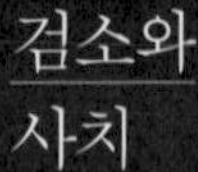

검소와
사치

검소하면 돈이 천해 보이고
사치하면 돈이 귀해 보인다.

儉則金賤, 侈則金貴.

- 관자

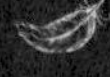

볼테르는, 욕망의 고삐를 채운 자는 언제나 풍족하다고 하였고,

레기네 슈나이더는, 행복의 비결은 더 많이 가지려 하는 데 있는 것이 아니라

덜 가지려 하는 데 있다고 하였다.

공손하면

공손하면 업신여김을 받지 않고, 너그러우면 민심을 얻고,

믿음성이 있으면 백성들이 신임하고, 부지런하면 공적이 있게 되고,

은혜롭게 하면 남을 부릴 수 있게 된다.

恭則不侮, 寬則得衆, 信則民任焉, 敏則有功, 惠則足以使人.

- 공자

친절은 세상을 아름답게 한다.

내가 공경하면 상대방도 나를 업신여기지 않으며, 관대하면 백성의 사랑을 받고, 책임

감 있는 말을 하면 백성들이 믿고 따르며, 나랏일을 부지런히 보살피다 보면 공적이

쌓이고, 공평한 정치를 하면 사람들이 모두 기뻐하기 마련이다.

물처럼
낮은
곳으로

가장 훌륭한 선은 물과 같다. 물은 만물을 잘 이롭게 하지만 남과 다투지는

않고, 사람들이 싫어하는 낮은 곳에 처한다. 그러기에 도에 가깝다.

上善若水. 水善利萬物而不爭, 處衆人之所惡, 故幾扵道.

-노자

물은 만물을 소생시키면서도

자기를 뽐내거나 남과 다투기는커녕

마른 대지를 적셔주며,

높은 자리에 있지 않고

남들이 싫어하는 낮은 곳을 찾아 흘러간다.

시냇물이 어디 언덕이나 바위와 다투는 것을 보았는가.

언덕을 감싸고 바위를 어루만지며 휘돌아가며

웅덩이는 그득 채워주고

자기가 더러워지면서도 더러운 것들을 다 씻어 주며

저 낮은 민중의 바다로 흘러간다.

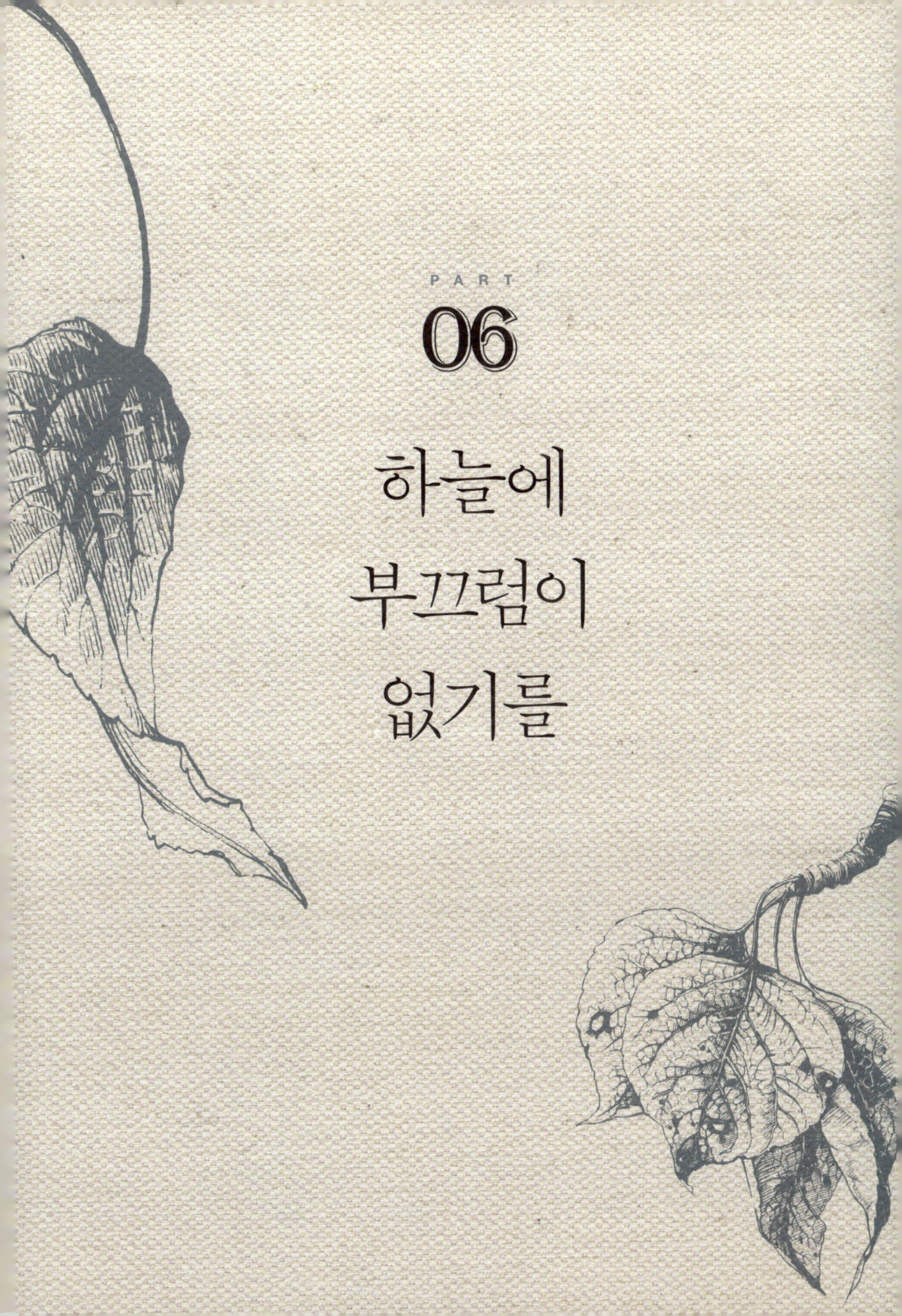

06

하늘에
부끄럼이
없기를

하늘에
부끄럼이
없기를

우러러 하늘에 부끄럼이 없고

굽어서 사람들에게 부끄럼이 없어야 한다.

仰不愧於天, 俯不怍於人.

-맹자

시인 윤동주는,

맹자의 호연한 기상을 시로 이어

죽는 날까지 하늘을 우러러 한 점 부끄럼이 없기를 기약하며

별을 노래하는 마음으로

모든 죽어가는 것을 사랑할 것을 노래하였다.

하늘에
부끄럼이
없기를

공을 세우고
머물지
않아

공을 이루고 그곳에 거처하지 않으며

만물을 사랑하고 양육하면서도 주인 노릇을 하지 않는다.

功成而不居, 愛養萬物而不爲主.

-노자

일을 하고 자랑하지 않고

공을 세우고 그 자리에 연연하지 않고

만물을 다 길러내면서도 주인 노릇을 하지 않는

자연이야말로 우리가 본받아야 할 스승이다.

그러나 우리 인간은 어디 그런가.

일한 뒤에는 말이 많아지고

공을 세우면 자랑하고 싶고

잘된 자식은 내가 잘 키워서 그렇게 된 것이고

훌륭한 제자는 내가 잘 가르쳐서 그렇게 된 것이라고 하지 않는가.

노자의
삼보

나에게 세 가지 보물이 있다.

첫째는 자애로움이고

둘째는 검소함이며

셋째는 감히 다른 사람 앞에 나서지 않는 것이다.

我有三寶, 一曰慈, 二曰儉, 三曰不敢爲天下先.

-노자

노자는 남을 사랑하고

검소한 생활을 하며

남을 이기려하지 않는 마음이 제일 귀한 것이라고 한다.

오직 도가 있는 자는

공을 기약하지 않아도 공이 스스로 커지고

이름을 기약하지 않아도 썩지 않는다.

唯有道者, 不期於功而功自大, 不期於名而名不朽.

-감산선사

부지런히 일을 하다 보면 공이 쌓이고

열심히 노력하다 보면 이름이 나는 것이지,

처음부터 공과 명예를 의식한다면 그 행동은 얼마나 속될 것인가.

바다의
포용력

바다는 마음이 넓어 온갖 물을 사양하지 않는다.

海不讓水.

-《회남자》

바다는

깨끗한 물이나 더러운 물을 가리지 않고,

한강 물과 대동강 물,

낙동강 물과 영산강 물을 구별하지 않는다.

너그러운 부모가 어디 자식을 편애하고

훌륭한 스승이 어디 학생을 차별하던가.

스스로
자랑하는
자

스스로 보이려 하는 자는 밝게 드러나지 않고,

스스로 옳다고 하는 자는 빛나지 않고,

스스로 자랑하는 자는 공이 없으며,

스스로 뻐기는 자는 대단한 것이 없다.

自見者不明, 自是者不彰, 自伐者不功, 自矜者不長.

-노자

조급한 마음으로

남들이 알아주기 전에 먼저 나서고

자기가 한 일을 스스로가 자랑하고 나선다면,

남들이 칭송할 것이 무엇 있겠는가.

왼손이 한 일을 오른손이 모르게 하라고 하지 않았던가.

통달한 사람은 사물 밖의 사물을 보고,

몸 뒤의 몸을 생각한다.

達人觀物外之物, 思身後之身.

—홍자성

천하의 사리를 달통한 사람은

보이지 않는 세계의 진실도 볼 줄 알며,

행동의 결과를 내다보는 안목을 가진다.

참되려고
하는
것

참 그 자체는 하늘의 도이고

참되려고 애쓰는 것은 인간의 도이다.

誠者, 天之道也, 誠之者, 人之道也.

-《중용》

참되려고
하는
것

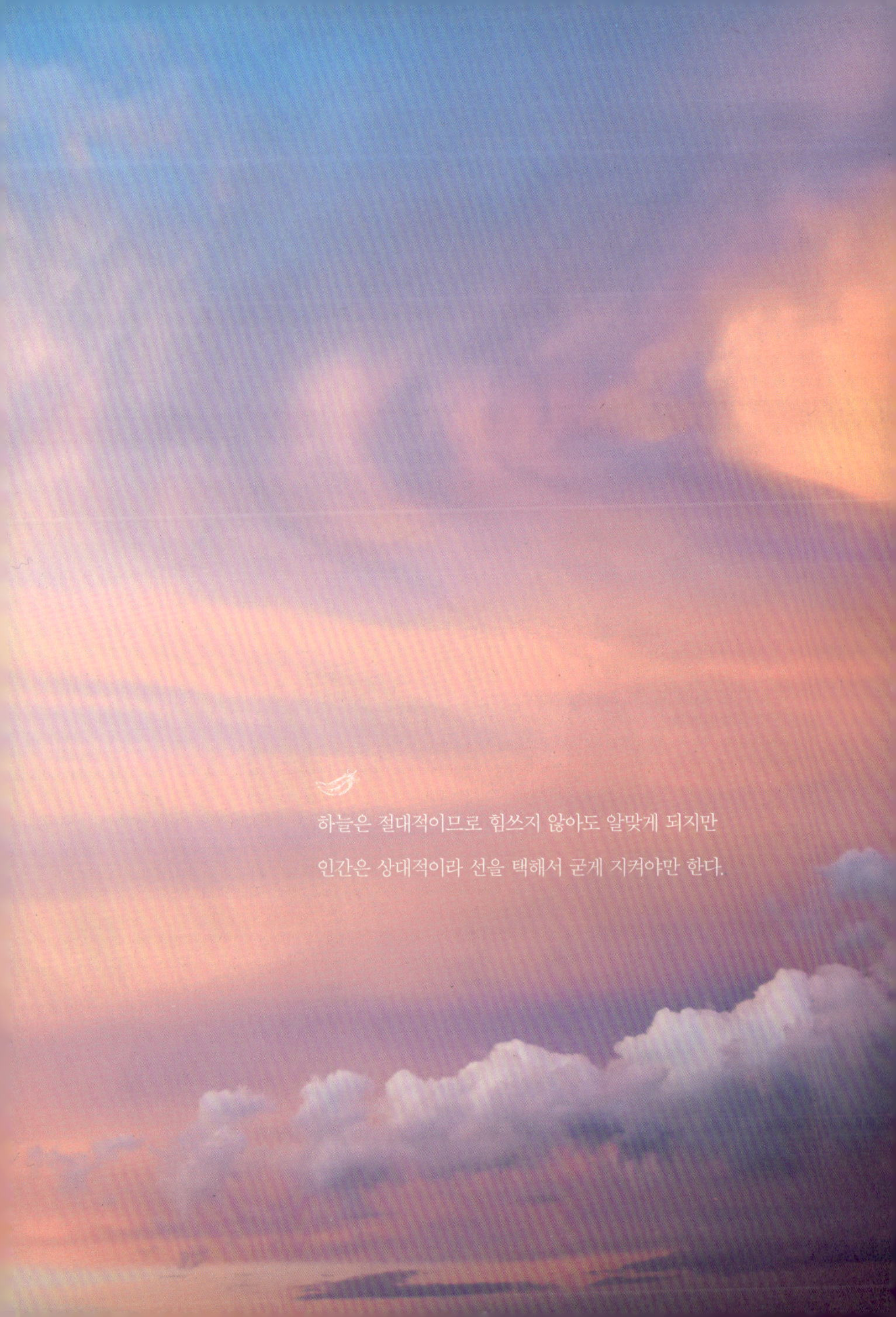

하늘은 절대적이므로 힘쓰지 않아도 알맞게 되지만

인간은 상대적이라 선을 택해서 굳게 지켜야만 한다.

민중을
위한
그림

무릇 내가 난초와 대나무와 돌을 그리는 것은
천하의 수고하는 사람을 위로하기 위한 것이다.

凡吾畵蘭畵竹畵石, 用以慰天下之勞人.

-정판교

시와 그림과 노래가

어찌 가진 자들만을 위한 사치품이겠는가.

진정한 예술은 이 세상의 무거운 짐을 진 사람들에게

위로와 기쁨이 되는 것을.

출세했을
때
조심해야

덕행은 늘 어려움 속에서 이루어지고

몸을 망치는 것은 대부분 출세했을 때이다.

成德每在困窮, 敗身多因得志.

-《용언》

연꽃은 진흙에서 피고

화려한 꽃이 떨어지면 더 추한 법.

좋은
분위기

쑥도 삼밭 속에서 자라면 똑바로 자라고,
하얀 모래도 진흙에 섞이면 검게 변한다.
蓬生麻中, 不扶而直, 白砂在涅, 與之俱黑.
-순자

좋은 교육환경에서 자라는 아이들은 특별한 프로그램 없이도 저절로 바르게 자라지
만, 폭력적인 분위기 속에서 성장하는 아이들은 일탈행동에 빠질 확률이 높다.
맹자의 어머니가 세 번이나 이사를 한 뒤 학교 부근에 정착한 것도 결국 교육적인 환
경 때문이다. 아이에게 공부하라고 할 필요가 없다. 부모가 책 읽는 것을 생활화하면
아이는 저절로 책을 들고 논다.

특별한
노력

비상한 노력을 하는 사람이 있고 나서야 비범한 일이 있게 된다.
비상한 일을 한 뒤에야 비범한 공적이 있게 된다.

有非常之人, 然後有非常之事. 有非常之事, 然後有非常之功.

−사마상여

수학 분야의 노벨상인 필즈상Fields Medal을 수상한 히로나카 헤이스케는 하버드대 대학원에서 공부할 때, 자기의 재능이 너무나 평범하다는 것을 깨달았다. 그는 머리가 좋은 친구들과 같은 수준에서 공부하기 위해 두세 곱절의 노력을 하기로 결심하고 주말에도 공부했다고 한다. 그래서 겨우 친구들과 같이 졸업을 할 수 있었으며, 졸업 후에도 초심을 잃지 않고 꾸준히 노력한 끝에 필즈상을 수상하게 되었다.

12살에 당나라에 유학 간 최치원도 가슴 속에 '인백기천(人百己千, 다른 사람이 백 번을 읽으면 나는 천 번을 읽는다)'의 각오를 새기고 공부하여, 18세에 빈공과에 합격하였다.

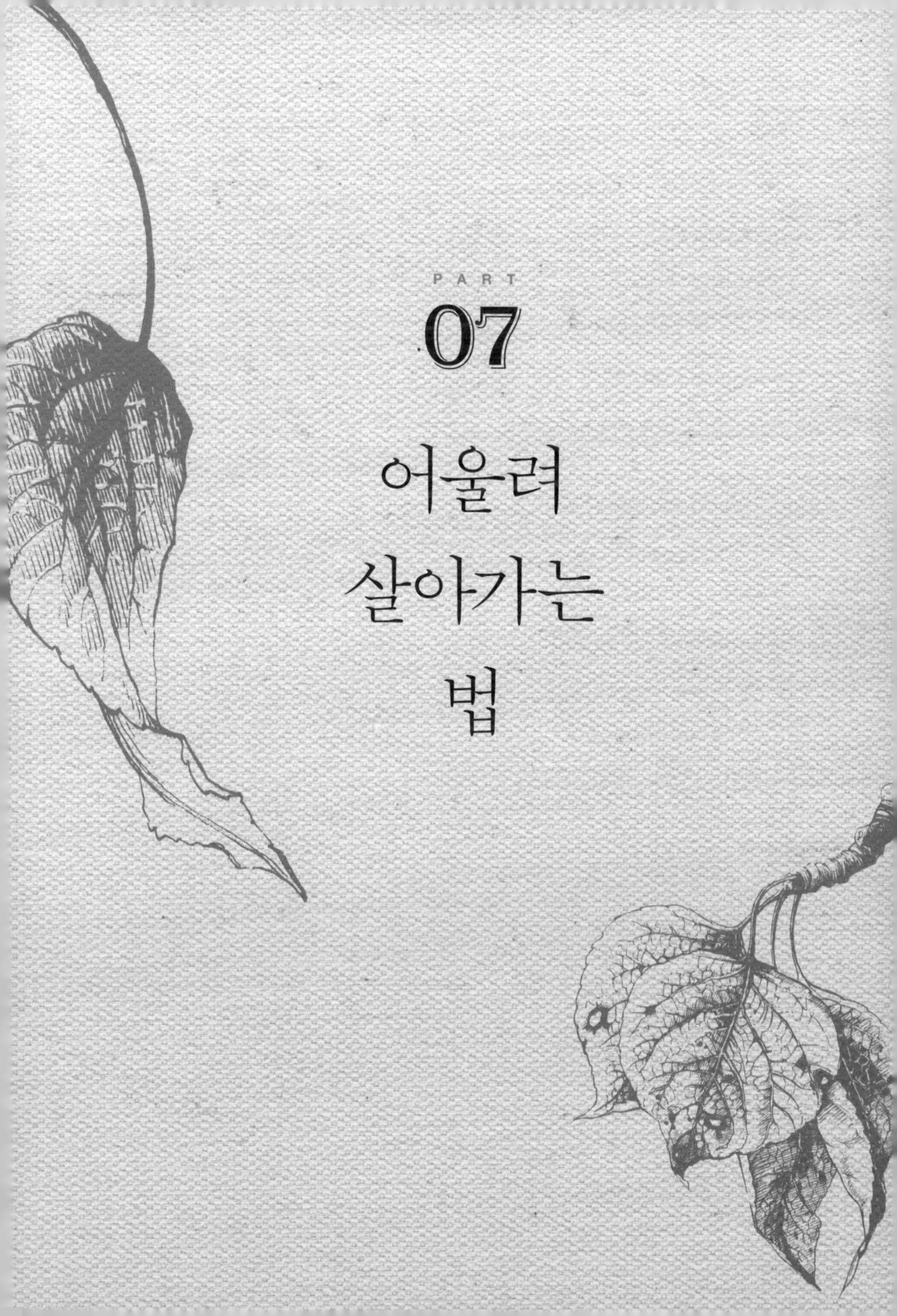

07

어울려
살아가는
법

덕의
기본

온화하고 남을 공경하는 것은
덕의 기본이다.

溫溫恭人, 維德之基.

-《시경》

마음을 부드럽게 하면 여유가 있고
남을 귀중히 여기면 내 마음도 즐겁다.

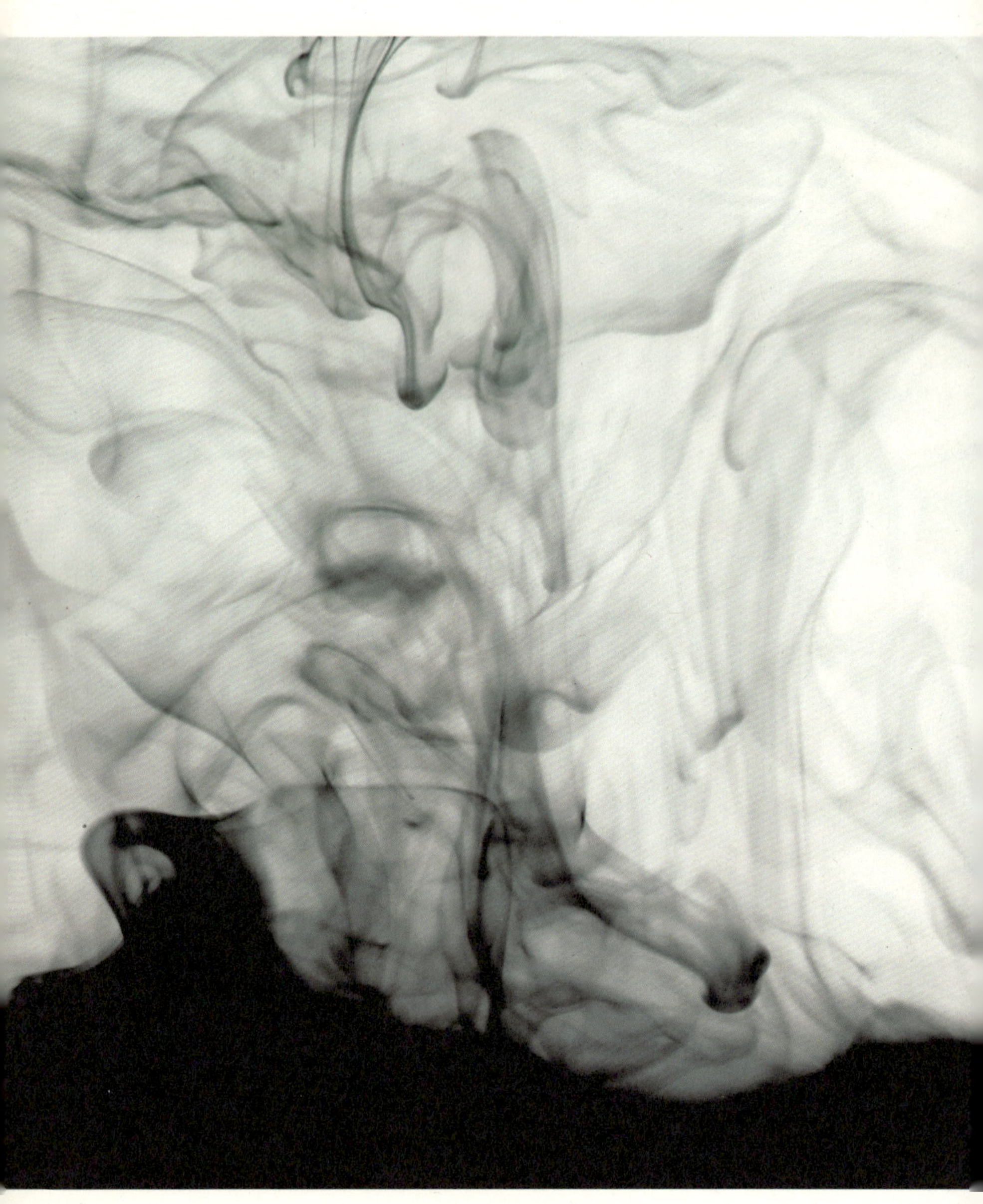

매사를
예에
입각해서

예가 아니면 보지도 말고

예가 아니면 듣지도 말고

예가 아니면 말하지도 말고

예가 아니면 행하지도 말라.

非禮勿視, 非禮勿聽, 非禮勿言, 非禮勿動.

-공자

예가 아니면

아예 보고 듣고 말하고 행동할 생각조차 하지 말라는 뜻이다.

나쁜 마음은 아예 싹부터 잘라야 하는 법.

중요한
것

사치하다 보면 공손하지 못하게 되고

검소하다 보면 고루하게 되기 쉽다.

공손하지 못한 것보다는 차라리 고루한 것이 낫다.

奢則不孫, 儉則固. 與其不孫也, 寧固.

- 공자

돈이 있다고 으스대면 위화감을 일으키고
검소함이 지나치면 고루해지기 쉽다.
그런데 공자는 거만한 것보다는 고루한 것이 덜 위험하다고 했다.

예가
없으면

공손하되 예가 없으면 수고롭고,

조심하되 예가 없으면 두렵고,

용맹스럽되 예가 없으면 혼란하고,

강직하되 예가 없으면 너무 급하다.

恭而無禮則勞, 愼而無禮則葸, 勇而無禮則亂, 直而無禮則絞.

-공자

예는 상황에 알맞게 대응하는 조화가 생명이다.

너무 모자라도 문제지만 너무 지나쳐도 곤란하다.

매사를 행함에 중정中正을 지킬 일이다.

이기심의
극복

이기심을 극복해서 예로 돌아가는 것이 인이다.
克己復禮爲仁.

-공자

자기중심주의를 극복해서
공동체 전체의 질서와 조화를 생각하는 것이 인의 정신이라는 말씀이다.

마음을
비우기

어질게 살면서도
스스로 어질다는 마음을 버리면
어디 간들 사랑받지 않으리오.
行賢而去自賢之心, 安往而不愛哉

— 장자

어질게 살면서도
그런 것을 의식하지 않고 자연스럽다면
정말 성숙한 사람이 아닐까.

부지런함과 신중함

부지런함은 값을 매길 수 없는 보배요

신중함은 자기 몸을 보호하는 부적이다.

勤爲無價之寶, 愼是護身之符.

-강태공

근면함은 어리석은 이에게는 그 부족함을 보충해 주고

총명한 이에게는 그 재능을 더 빛나게 해 주며,

신중함은 말과 행동에서의 실수를 줄여 주고

상대방에게 신뢰감을 준다.

우환의
발생

우환은 소홀히 하는데서 생기고

화는 작은 일에서 일어난다.

患生于所忽, 禍起于細微.

-《설원》

조심하지 않고 일을 대충하다가는 문제가 발생하며

조그만 일도 꼼꼼히 처리하지 않으면 나중에 큰일이 된다.

자업자득

화와 복은 특별한 문이 있는 것이 아니라
사람이 불러들이는 것이다.

禍福無門, 唯人所召.

-《좌전》

화와 복이 어디 그곳으로 이르는 특별한 길이 있던가.

내가 악업을 쌓으면 화에 이르고

내가 선업을 쌓으면 복에 이른다.

화와 복은 전적으로 내게 달린 것.

자업자득自業自得이라고 하지 않던가.

위대함

성인은 끝내 스스로 위대하다고

생각하지 않은 까닭에

그렇게 위대하게 된 것이다.

聖人終不爲大, 故能成大.

-노자

성인은 평생 진리를 전파하고

인류를 사랑하면서도

티를 내거나 자취를 남기지 않기 때문에

참으로 위대하다고 칭송받는다.

사람들과
함께
즐기면

천하 사람들과 함께 즐기면 여유가 있지만,

자기 홀로 즐기자면 부족한 법이다.

以天下樂之有餘, 而獨樂於己不足.

-박지원

연암 박지원은 오륜 중에 특히 '우도友道'에 관심을 가졌고, 실제로 천하의 뜻있는 사
람들과 신분과 국경을 넘어 사귐을 맺었다. 그런데 이 벗 사귐의 과정에서 연암은 특
유의 친화력을 발휘한다. 연암은 말하자면 유머의 달인이었던 것이다.

개성의
조화

군자는 서로의 개성을 존중하면서도 조화를 이루지만,

소인은 서로의 다름을 인정하면서 어울리지 못하고 똑같기만을 요구한다.

君子和而不同, 小人同而不和.

- 공자

개성을 무시하고 획일적으로 같아지기를 요구하는 것은 인간의 존엄성을 무시하는
것이다. 이 사회를 유지하기 위해서는 서로 다른 사람들이 서로의 장점을 살리고 단
점을 메워 주면서 돕지 않으면 안 된다. 집을 짓는데에도 뛰어난 건축가 한 사람만으
로는 불가능하다.

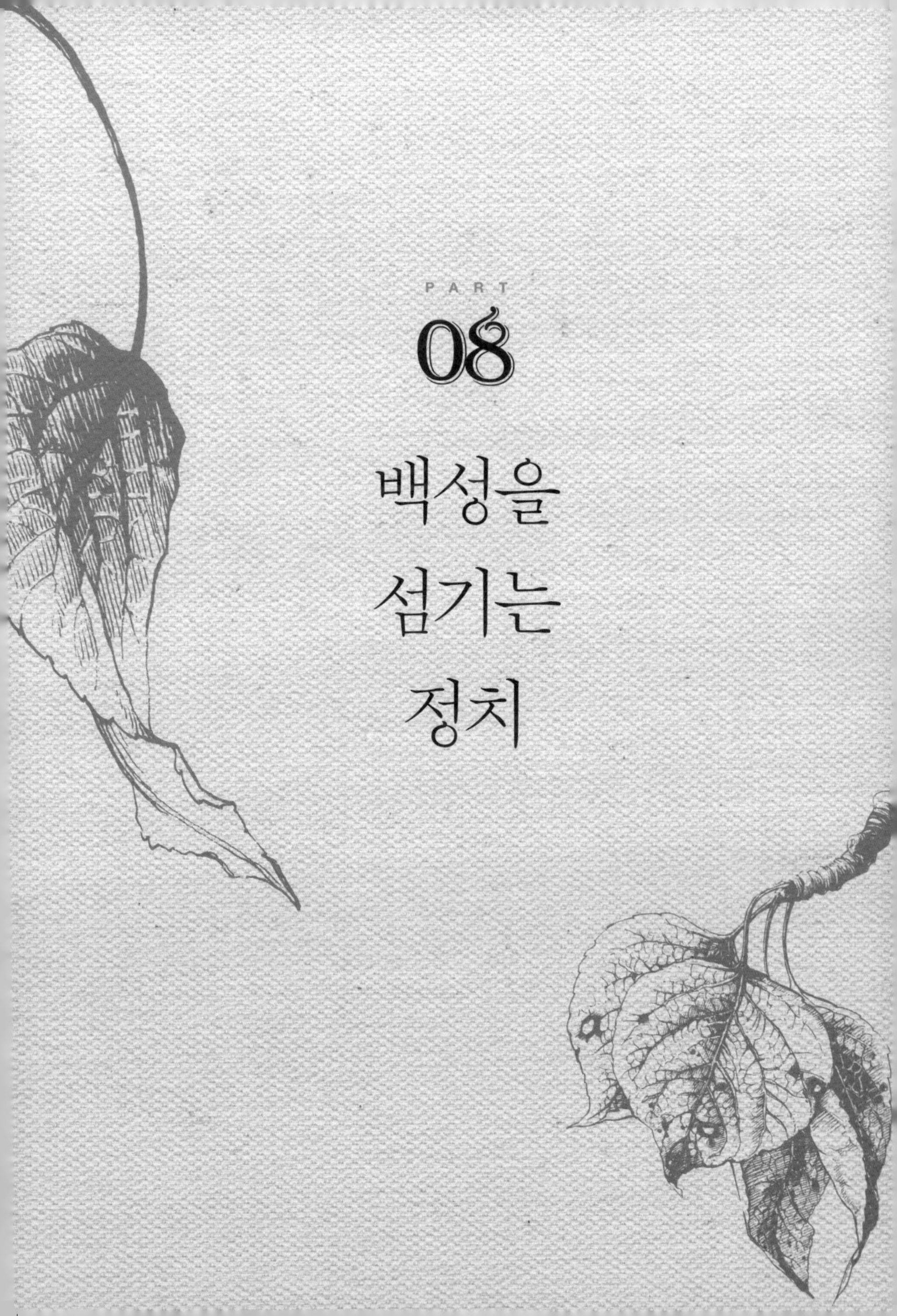
PART
08
백성을
섬기는
정치

바른
마음으로

임금이 된 자는

바른 마음가짐으로 조정을 바르게 하고

바른 조정으로 백관들을 바르게 하며

바른 관리들로 만민을 바르게 한다.

爲人君者, 正心以正朝廷, 正朝廷以正百官, 正百官以正萬民.

-동중서

윗물이 맑으면 아랫물도 맑다.

위정자가 먼저 솔선해서 자기의 마음을 바르게 하고

그러고 난 뒤 조정과 관리를 바르게 하며,

그래서 백성들을 바른 길로 이끄는 것이다.

진실된
말

진실된 말은 귀에 거슬리나 행동에 이롭고,
독한 약은 입에 쓰지만 병에는 이롭다.

忠言逆耳, 利於行, 毒藥苦口, 利於病.

- 장량

아첨하는 말은 듣기가 좋지만 사태 판단을 흐리게 하고
바른 말은 듣기가 힘들지만 실천하는 데 유용하다.
'독약毒藥' 대신에 '양약良藥'이라고도 쓴다.

진실된
말

백성은
하늘

왕은 백성을 하늘로 여기고

백성은 밥을 하늘로 여긴다.

王者以民爲天, 民以食爲天.

-역이기

백성들에게는 먹는 것이 제일이고

임금에게는 백성의 문제가 제일 중요하다.

치국의
방법

제후가 나라를 다스릴 때는
일을 공경하고 믿음성 있게 하고 씀씀이를 절약하고 백성을 사랑하며
백성을 부림에는 때를 잘 맞춰야 한다.
道千乘之國, 敬事而信, 節用而愛人, 使民以時.

— 공자

왕이 나라를 경영할 때에는
나라 일을 신중하게 처리해서 국민의 믿음을 얻고 물자를 절약하고 인민을 사랑하며,
국민을 부리더라도 농사철을 피해 적절한 때에 해야 한다.

임금은 신하를 예로써 부리고
신하는 임금을 진심으로 섬긴다.
君使臣以禮, 臣事君以忠.

-공자

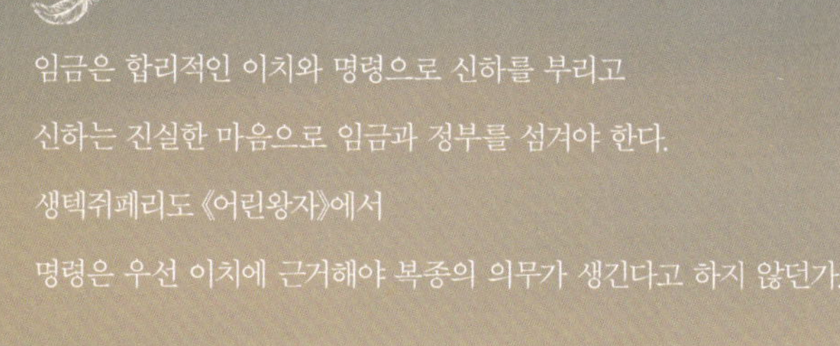

임금은 합리적인 이치와 명령으로 신하를 부리고

신하는 진실한 마음으로 임금과 정부를 섬겨야 한다.

생텍쥐페리도 《어린왕자》에서

명령은 우선 이치에 근거해야 복종의 의무가 생긴다고 하지 않던가.

나라와 집을 경영하는 사람은

적음을 걱정하지 말고 불균등을 걱정하고

가난을 걱정하지 말고 불안을 걱정해야 한다.

有國有家者, 不患寡而患不均, 不患貧而患不安.

−공자

불만은 적거나 가난한데서 생기기보다

차별과 상대적 박탈감에서 생긴다.

이제 '발전과 성장의 경제학'만 따를 것이 아니라,

'분배와 복지, 대동과 평등의 경제학'을 실천할 때이다.

지도자의
의무

반드시 우러러 부모를 섬김에는 넉넉하게 하고,

굽어 처자를 양육함에는 넉넉하게 하고,

풍년에는 종신토록 배부르게 하며,

흉년에는 죽음을 면할 수 있게 한다.

必使仰足以事父母, 俯足以畜妻子, 樂歲終身飽, 凶年免於死亡.

-맹자

먹을 것이 넉넉해야 염치를 안다.

그러니 위정자는 모름지기 국민들의 안정된 생활을 책임져야 한다.

다산 정약용은《목민심서》에서

위정자가 백성을 위해서 존재하는 것이지,

백성이 위정자를 먹여 살리기 위해 있는 것이 아니라고 하였다.

임용의
원칙

의심나면 임명하지 말고, 임명했으면 의심하지 마라.

疑則勿任, 任則勿疑.

-《자치통감》

문제의 소지가 있는 사람을 등용하지 말고,

일단 일을 맡겼으면 그 사람을 믿고

약간의 실수가 있더라도 기다리며

그가 잘하도록 격려한다.

장점을
취해야

임금이 사람을 쓸 때는 그릇을 쓰듯이 해서
각기 그 장점을 취해야 한다.

君子用人, 如器, 各取所長.

-당태종

중국의 한 고조 유방도
자기가 항우를 이기고 천하를 평정한 이유가
장량이나 한신, 소하 같은 인재들의
장점을 취해 썼기 때문이라고 하였는데,
당나라 태종도 역시 이 점을 알고 있었다.

물
위의
배

임금은 배이고
백성은 물이다.

君者舟也, 庶人者水也.

-순자

물은 배를 띄우기도 하지만 뒤집기도 한다.
슬기로운 뱃사공은
물의 흐름을 알고,
현명한 군주는
백성의 마음을 읽는다.

천하의
눈으로

임금된 자는 천하 사람의 눈으로 보고

천하 사람의 귀로 들어야 한다.

人主者, 以天下之目視, 以天下之耳聽.

-《회남자》

지도자가 겸허謙虛해야

민중의 소리를 들을 수 있고,

자기의 이해관계에서 벗어나

자유부동성自由浮動性을 가질 때

공평무사한 판단을 할 수 있다.

문신과
무신의
도리

문신이 돈을 탐내지 않고, 무신이 목숨을 아끼지 않으면 천하는 태평해진다.

文臣不愛錢, 武臣不惜死, 則天下平矣.

-《송사》

송나라 시대의 영웅 악비를 입전한 〈악비전岳飛傳〉에 나오는 말이다.

문신이 자기의 직위를 이용해 뇌물을 받지 않고 공정무사하게 정책을 결정하고, 무신

이 전쟁터에 나가 죽음을 두려워하지 않고 용감하게 싸운다면 국민들이 안심하고 자

기의 생업에 종사할 수 있을 것이다.

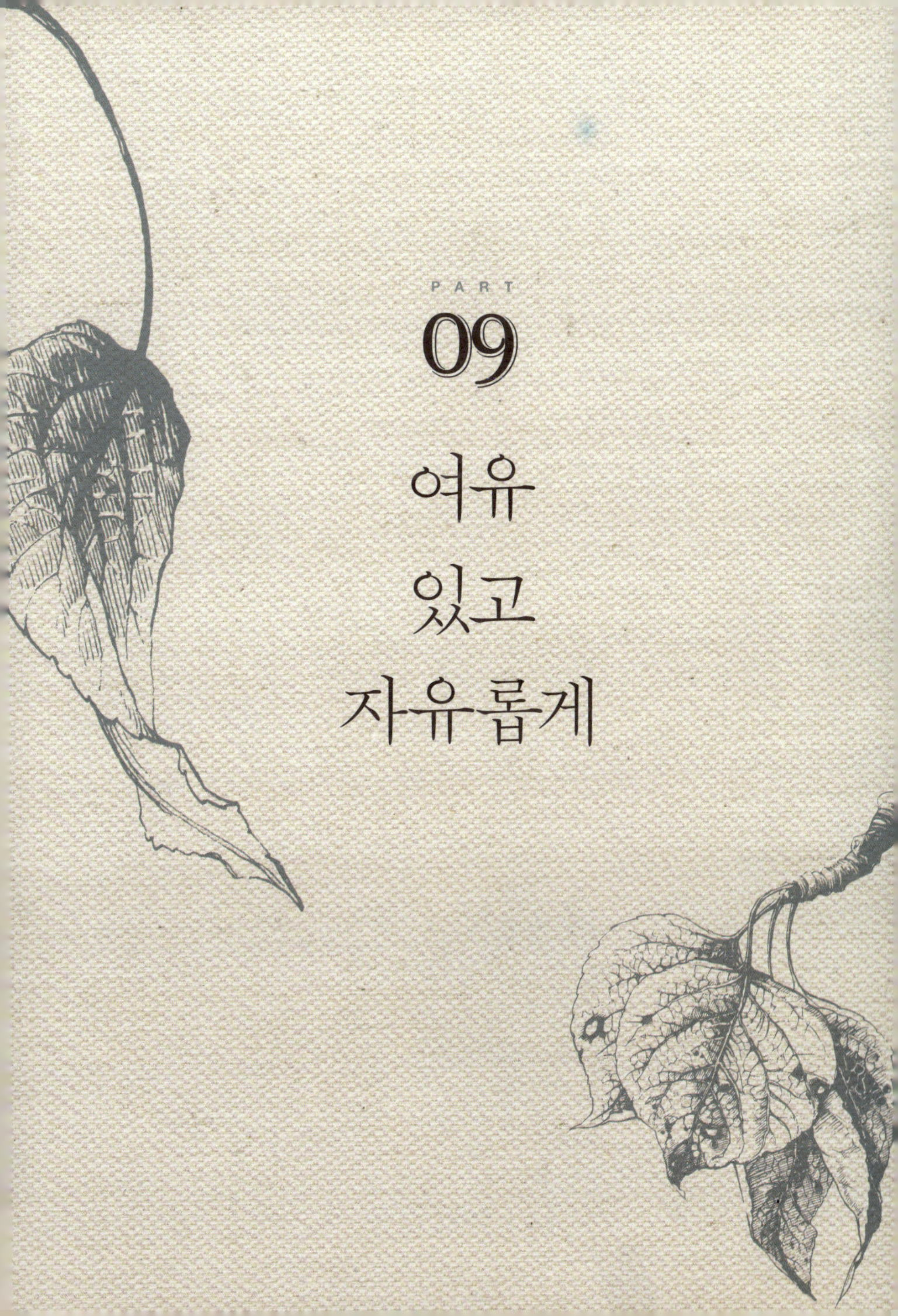

PART
09
여유
있고
자유롭게

하늘을
원망하지
않고

자기의 사명을 아는 사람은 하늘을 원망하지 않고,

자기를 아는 사람은 남을 탓하지 않는다.

知命者, 不怨天, 知己者, 不尤人.

- 순자

성숙한 사람은 남을 탓하지 않고
모든 것을 있는 그대로 받아들이며
어디에 얽매이지 않고
편안한 마음으로 여유 있게 살아간다.

"나는 아무 것도 바라지 않는다. 나는 아무 것도 두렵지 않다.
나는 자유다."
(니코스 카잔차키스의 묘지명에서)

말
없는
가르침

성인은 말 없는 가르침을 행한다.

聖人行不言之教.

-노자

마음이 넓은 사람은

상대방의 자존심과 창의성을 존중하면서

말 없이 스스로 깨닫기를 기다리고 격려한다.

가장 훌륭한 스승은

무엇을 가르쳐 주기보다는

학생이 스스로 깨달을 수 있는 분위기를 만들어 준다.

마음을
낮추는
사람

무릇 마음을 낮추는 사람에게는
만복이 스스로 돌아온다.
凡有下心者, 萬福自歸依.

－야운조사

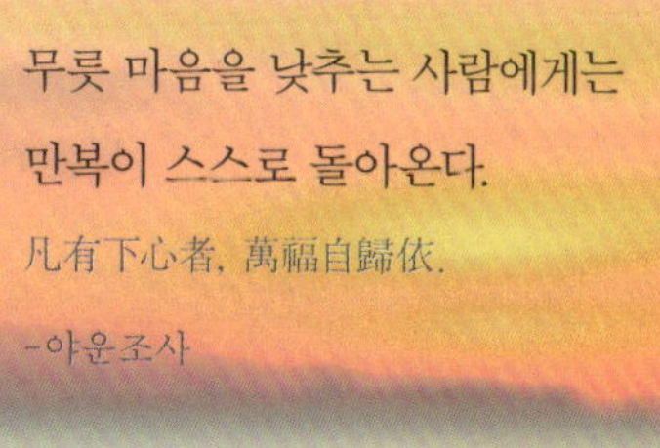

자기 마음을 비워야 진리를 담을 수 있고,
자기를 낮추면
사람들이 편안한 마음으로 모여든다.

큰 지혜와
작은 지혜

대지大知는 너그럽고

소지小知는 사소한 것을 따지고

대언大言은 담담하지만

소언小言은 수다스럽다.

大知閑閑, 小知間間, 大言淡淡, 小言詹詹.

－장자

큰 지혜와 큰 말씀은 평범한 듯 하면서도 깊이가 있고

작은 지식과 작은 말은 소란스럽기만 하다.

빈 수레가 요란한 법이다.

쓰지
않음의
쓰임

사람들은 모두 실용적인 것의 효능만 알고
쓰이지 않는 것의 효용성은 모른다.

人皆知有用之用, 而莫知無用之用也.

−장자

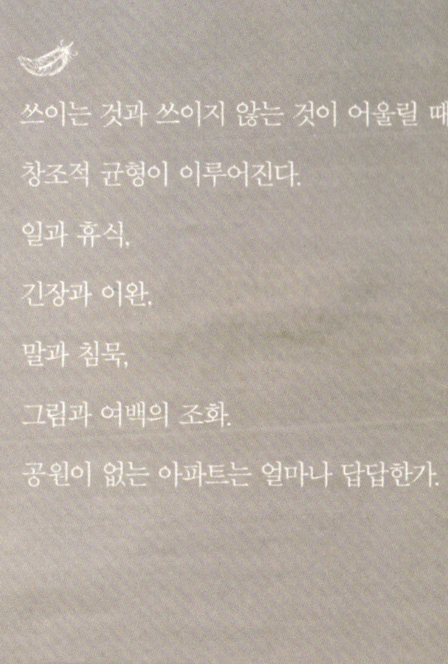

쓰이는 것과 쓰이지 않는 것이 어울릴 때
창조적 균형이 이루어진다.
일과 휴식,
긴장과 이완,
말과 침묵,
그림과 여백의 조화.
공원이 없는 아파트는 얼마나 답답한가.

군자의
사귐

군자의 사귐은 물과 같이 담담하고

소인의 사귐은 단술처럼 달콤하다.

君子之交淡若水, 小人之交甘若醴.

-장자

군자의 사귐은 담담하지만 사귈수록 친해지고

소인의 사귐은 처음에는 달콤하지만 단맛이 빠지면 멀어진다.

숭고하고
넓은
덕

숭고한 덕은 낮은 계곡 같고

넓은 덕은 마치 부족한 것 같다.

上德若谷, 廣德若不足.

-노자

높은 덕은 그윽하고

넓은 덕은 바보같이 단순하다.

말과
지혜

지혜로운 자는 말을 함부로 내지 않고

말을 함부로 내는 사람은 지혜롭지 못하다.

知者不言, 言者不知.

-노자

훌륭한 통치자는 백성들에게 명령을 함부로 내리지 않으며

지혜로운 스승은 말을 많이 하지 않아도 교화한다.

말을 많이 하는 사람을 어찌 슬기롭다고 하겠는가.

스스로
자랑하는
사람

스스로 자랑하는 사람은 공이 없고

공을 이룬 사람은 무너지며

이름을 날린 사람은 찌그러진다.

自伐者無功, 功成者墮, 名成者虧.

- 장자

말을 하면 공이 사라지고,
공명을 이루고 나면 내려갈 일만 남는다.
달이 차면 기우는 법이다.

덕과
지위

덕이 적으면서 지위가 높고

지혜가 모자라면서 큰일을 도모하면

화에 이르지 않은 경우가 없다.

德薄而位尊, 智小而謀大, 鮮不及禍矣.

-《주역》

좁은 그릇에 많은 물을 담으면 넘치기 마련이다.

그런데 세상에는 자기 깜냥은 돌보지 않고

큰 자리만 탐내는 사람이 좀 많은가.

작은 이익에
구애되지
말아야

작은 이익에 구애되면

큰일을 이루지 못한다.

見小利則大事不成.

-공자

눈앞의 조그만 이익을 탐하다가

정작 큰일을 그르칠 수 있다.

나무는 보고 숲을 보지 못하는 어리석음을 경계한 말이다.

작은 이익에
구애되지
말아야

준비하면서 때를 기다리고
때가 되면 일을 일으킨다.
以備待時, 以時興事.

－관자

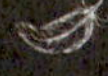

기다리기만 하는 사람에게는 때가 오지 않고

설령 기회가 와도 그것을 잡지 못한다.

그래서 늘 준비하면서 때를 기다리고

때가 왔을 때는 일을 시작해야 한다.

준비하면서
때를
기다리고

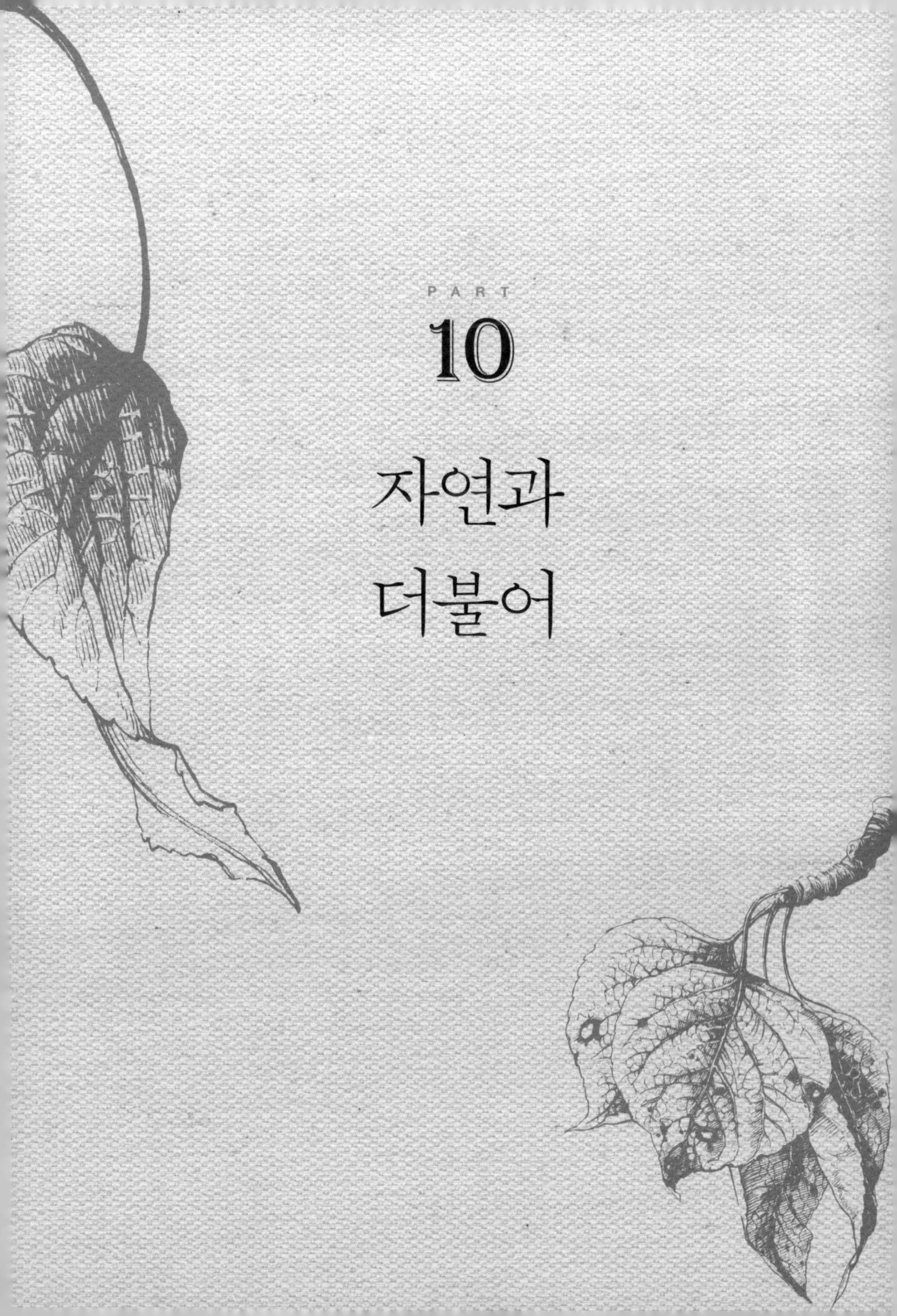

10

자연과
더불어

도는
자연을
본받고

사람은 땅의 이치를 본받고

땅은 하늘의 이치를 본받으며

하늘은 도의 이치를 본받고

도는 자연의 이치를 본받는다.

人法地, 地法天, 天法道, 道法自然.

-노자

사람은 땅을 의지하고,

땅은 하늘의 영향을 받는다.

이렇게 인간과 자연은 서로 의지하고 기대고 있다.

천지는 우리 인간의 부모이다.

사람이 하늘과 땅 섬기기를 부모 섬기듯 해야 한다.

天地者, 吳之父母也. 人事天地, 當如事父母.

-오증

자연은 인간의 모태이다.

그러나 우리들은 자연의 소중함을 모르고 산업화가 시작된 이래

욕심을 채우기 위해 그동안 얼마나 많은 자연을 착취해 왔는가.

오늘날의 생태학적 위기는 자연을 섬기지 않는 데서 비롯된 것이다.

천지의
마음

천지의 마음은 매우 자애로워서

만물을 생기게 하고 성장하게도 한다.

비와 이슬이 아니면 만물이 생육할 수 없고,

서리와 눈이 아니면 만물을 성취시킬 수 없다.

天地之心, 孔仁, 發生萬物, 成就萬物. 非雨露, 不能生物, 非霜雪, 不能成物.

-이항로

하늘과 땅은 모든 생명의 근원이다.

땅이 아니면 만물이 어디에 뿌리를 두겠으며

하늘에서 내리는 비와 이슬이 아니면

어떻게 생명을 유지할 수 있겠는가.

풀
한
포기

풀 한 포기 나무 한 그루도 모두 천지의 화평한 기운이다.

一草一木, 皆天地和平之氣.

-정자

무위당 장일순 선생도

나락 한 알 속에도 우주의 신비가

담겨 있다고 하지 않았는가.

만물을
사랑하는
길

만물을 사랑하는 길은

각기 타고난 본성을 이루어 주는 데 불과하다.

愛物之道, 不過各遂其性而已.

-김시습

만물을 진정으로 사랑한다는 것은
풀과 나무와 온갖 생물이 스스로 즐거워하도록
그 본성을 왜곡시키지 않고 자기의 성질대로 자라게 도와주는 것이다.

만물에는
이치가
있어

무릇 천하의 만물 가운데 형상이 있는 것은 다 이치가 있다.

크게는 산수로부터

작게는 주먹만한 돌멩이나 한 치 크기의 나무에 이르기까지

그렇지 않은 것이 없다.

夫天下之物, 凡有形者, 皆有理, 大而山水, 小而至於拳石寸木, 莫不皆然.

-안축

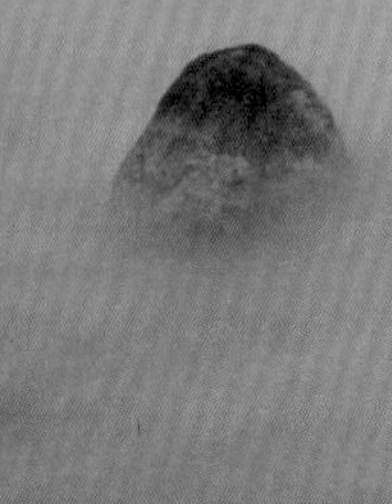

우리가 깨닫지 못해서 그렇지

만물이 왜 그 나름의 존재 이유가 없겠는가.

하물며 사람이랴.

하늘의
운행

하늘의 운행이 굳건하니

군자는 이를 본받아 스스로 힘써 쉬지 않는다.

天行健, 君子以自彊不息.

–《주역》

봄·여름·가을·겨울의 운행에서 보듯

하늘은 잠시도 쉬지 않고 스스로 변한다.

생각 있는 사람은 때에 맞춰

늘 자기를 변혁한다.

시대에 뒤떨어지지 않기 위해,

보수와 정체의 늪에 빠지지 않기 위해.

땅의
품성

땅의 성향은 유순 포용하는 것이니,

군자는 이를 본받아 두터운 덕으로 만물을 길러낸다.

地勢坤, 君子以厚德載物.

-《주역》

땅은 어머니처럼 부드럽고 후덕하여

온갖 생명을 잘 길러낸다.

자연의
합리적
이용

백성들의 농사철을 놓치지 않게 하면

곡식은 다 먹을 수 없을 정도로 풍부하고,

적절한 때에 맞춰 산림에서 도끼질을 하면

재목은 다 쓸 수 없을 정도가 될 것이다.

不違農時, 穀不可勝食也, 斧斤, 以時入山林, 材木不可勝用也.

-맹자

자연의 순리에 맞춰

적당한 때에 씨 뿌리고 거두며

적절하게 나무를 한다면

인간의 삶이 얼마나 여유로울까.

인간의 입장에서 물物을 보면

인간이 귀하고 물이 천하지만

물의 입장에서 인간을 보면

물이 귀하고 인간이 천하다.

그러나 하늘의 입장에서 보면

인간과 물은 균등하다.

以人視物, 人貴而物賤. 以物視人, 物貴而人賤. 自天而視之, 人與物均也.

-홍대용

인간 중심주의의 시각을 버리고

세상을 바라보면 귀천이 따로 있을 수 없다.

공평무사한 하늘의 입장에서 보면

인간이나 만물이나 다 마찬가지다.

민중은
나의
형제

모든 인민은 나의 형제요,

물은 나의 이웃이다.

民吳同胞, 物吳與也.

-장재

따지고 보면

인류는 모두 다 지구공동체의 한 형제요,

만물은 우리 인간과 더불어 사는 이웃이 아닌가.

지구에 과부하가 걸려 있는 오늘날

우리 겨레만 잘 살겠다고 하고

우리 인간만 잘 살아 보겠다는 것이 얼마나 어리석은 생각인가.

물오리는
물오리답게

물오리는
물오리답게

물오리의 정강이는 비록 짧지만

길게 이어주면 괴로워하고

학의 다리가 길다고 해서

짧게 잘라 주면 슬퍼한다.

鳧脛雖短, 續之則憂, 鶴脛雖長, 短之則悲.

-장자

짧은 것은 짧은 대로

긴 것은 긴 대로

자연 그대로 두는 게 제일 좋은 것.

굳이 인위를 가하고 억지를 부릴 필요가 있겠는가.

가을서릿발처럼
고전으로 배우는 인생수업

김영 지음

초판 1쇄 인쇄 · 2013. 11. 11.
초판 1쇄 발행 · 2013. 11. 20.

발행인 · 이상용 이성훈
발행처 · 청아출판사
출판등록 · 1979. 11. 13. 제9−84호
주소 · 경기도 파주시 문발동 출판문화정보산업단지 507−7
대표전화 · 031−955−6031
팩시밀리 · 031−955−6036
E−mail · chungabook@naver.com

ISBN 978−89−368−1051−1   03800

* 값은 뒤표지에 있습니다.
* 잘못된 책은 구입한 서점에서 바꾸어 드립니다.
* 본 도서에 대한 문의사항은 이메일을 통해 주십시오.